하북팽가 검술천재 32

2024년 7월 18일 초판 1쇄 인쇄
2024년 7월 23일 초판 1쇄 발행

지은이 이도훈
발행인 김관영

기획 박경무 강민구 임동관 조익현 최시준 신정윤
책임편집 주현진
마케팅지원 유형일 장민정

발행처 (주)로크미디어
출판등록 2003년 3월 24일
주소 서울시 마포구 마포대로 45 일진빌딩 6층
Tel (02)3273-5135 Fax (02)3273-5134
홈페이지 rokmedia.com E-mail rokmedia@empas.com

ⓒ 이도훈, 2022

값 9,000원

ISBN 979-11-408-2512-7 (32권)
ISBN 979-11-354-7650-1 04810 (세트)

이도훈 신무협 장편소설

32

하북팽가
검술천재

차
례

지음

슬쩍 밖을 보던 한빈이 고개를 돌렸다.

모두가 한빈의 지시를 기다리고 있었다.

잠시 고민하던 한빈이 알았다는 듯 고개를 끄덕이더니 손가락을 튕겼다.

딱.

밖으로는 새어 나가지 않으면서도 딱 그들에게만 들리는 적절한 소리였다.

그 소리를 듣던 악비광이 자신도 모르게 헛숨을 토해 냈다.

"형님, 갑자기 계약서는 왜……."

"계약서 쓰자는 게 아닌데?"

말을 마친 한빈이 뒤쪽을 가리켰다.

그곳에서는 설화가 장단하의 점혈을 풀고 있었다.

여태까지는 포박을 푼 상태에서 내공만 억제한 상태였다.

이제는 그 내공까지도 완벽히 풀어 버린 것이다.

그 모습에 악비광이 당황한 표정으로 고개를 흔들었다.

"저자들은 왜 풀어 주는 겁니까?"

"필요 없으니까."

"그게 무슨 말입니까?"

"딱 보니 이곳을 처음 보는 것이 분명하거든."

한빈이 손짓하자 묘희와 장단하가 조용히 다가왔다.

묘희와 장단하 모두 눈을 크게 뜨고 있었다.

악비광은 그녀들이 적잖게 놀라고 있다는 것을 그제야 깨달았다.

먼저 입을 연 것은 묘희였다.

"여, 여긴 어딘가요?"

"내 예상이 맞았군. 처음 와 보는 게 맞지?"

"처음이에요. 분명히 길은 불광사와 이어져야 맞는데…….."

묘희가 당황한 표정으로 말을 잇지 못하자 한빈이 슬쩍 문을 열었다.

그러고는 어딘가를 가리켰다.

"아마도 불광사와 이곳의 거리는 대충 잡아도 오십 리. 저 뒤에 보이는 산이 불광사야. 주변 봉우리를 보면 이곳은 칠음현과 불광사의 중간이라는 말이지. 여기서 문제!"

한빈이 주변 사람들을 돌아봤다.

주변을 둘러보던 한빈이 조용히 입을 열었다.

"이곳은 과연 어디일까요?"

"……."

하지만 한빈의 말에 답하는 이는 없었다.

한빈은 이번에는 장단하를 바라봤다.

"이곳에 와 본 적이 있나?"

"아, 아니요. 저도 여긴 처음이에요. 분명히 그 길은 불광사로 통하는 길이었어요. 문을 열면 불광사 뒤쪽 담벼락이 보여야 하는데……. 그런데 왜 이런 곳이 나오죠?"

도리어 한빈에게 묻는 장단하.

순간 모두의 표정이 굳어졌다.

장단하의 안내로 온 길이었다.

마지막에 딱 한 군데 갈림길만 빼고 말이다.

그때도 장단하의 설명에 의하면 어떤 길로 가든 관계없이 불광사가 나온다고 했다.

불광사의 앞쪽이냐 뒤쪽이냐만 다를 뿐이었다.

이곳에 와서 보니 엉뚱한 길이 나왔던 것.

표정을 보면 가장 당황한 것은 장단하가 분명했다.

장단하가 고개를 갸웃했다.

지금 문제를 낸 한빈은 그 정답을 알고 있을 것 같았다.

다른 이들도 모두 한빈을 바라보고 있었다.

모두의 시선을 받은 한빈이 나지막이 말했다.

"제 생각이 정확하다면, 여긴 왕야의 저택입니다."

"왕야라면?"

악비광이 눈을 크게 떴다.

다른 이들은 고개를 갸웃하는 반면, 악비광만은 누구를 뜻하는지 아는 것 같았다.

그때 설화가 악비광을 보며 물었다.

"왕야라는 분이 누구예요?"

"그건……."

악비광이 망설이다가 설명을 이었다.

악비광의 설명은 제법 길었다.

그는 황제의 숙부로 왕이라는 직위를 얻은 자라고 한다.

재미있는 것은 단순하게 숙부라서 왕의 직위를 얻은 것이 아니라고 했다.

삼십 년 전 남해에 들끓던 해적을 소탕한 것이 바로 장해왕, 즉 왕야의 공이라고 악비광은 설명했다.

그때 마원이 나섰다.

"그 일은 나도 들어 봤소. 그런데 내가 알기로는 당시 해적 소탕을 한 자는 남해천왕 적귀라는 고수로 알고 있소이다. 그런데 갑자기 황실의 사람이 거기서 나온다니, 뭔가 이상합니다."

"남해천왕 적귀가 바로 장해왕입니다."

악비광이 밖을 가리키며 말을 이었다.

순간 모두의 얼굴에 의구심이 떠올랐다.

마원이 참지 못하고 물었다.

"그의 도는 사악하기 그지없다고 들었소이다. 그런데 갑자기 그가 황실의 사람이라니?"

"놀라시는 것도 당연합니다. 제가 말씀드린 것은 황실의 사람 중에도 극히 일부분만 알고 있는 사실이니까요. 그런데 제가 드린 말씀에는 한 치의 거짓도 없습니다."

악비광이 모두를 향해 살짝 고개 숙였다.

그때 한빈이 말을 이었다.

"그리고 빠진 사실이 하나 더 있죠."

"그게 무엇입니까?"

마원이 눈을 크게 뜨고 한빈을 바라봤다.

그들의 뜨거운 시선에 한빈이 말을 이었다.

"그때 해적들을 소탕한 게 장해왕 혼자만의 힘이라고 생각하십니까?"

"그게 무슨 말씀입니까? 형님."

악비광이 깜짝 놀라 한빈에게 물었다.

그때 한빈이 말했다.

"허허, 그런 표정으로 바라보니 조금 부담스럽네."

"저도 처음 듣는 이야기라서요."

"장해왕에게는 친구가 하나 있었지."

"친구라고요?"

"그 아이는 태어날 때부터 붉은색의 머리를 지녔어. 잘 생각해 봐. 장해왕의 머리가 붉던가? 아니면 그가 붉은 무복을 즐겨 입었던가? 그런데 왜 전혀 상관없는 적색을 그의 별호에 갖다 붙여 놨을까?"

"뭐, 적귀가 지나간 자리는 붉게 물든다는……."

"그건 사람들이 지어낸 이야기고."

"그런데 형님은 어찌 그리 잘 아십니까?"

"그야 나는……."

한빈은 말끝을 흐리며 그저 웃기만 했다.

조용히 고개를 돌린 한빈은 다시 저택을 바라봤다.

지금까지 왜 그를 떠올리지 못했는지 하는 생각 때문이었다.

정마대전이 일어날 때쯤 무림인을 몰살시키려고 하던 황궁의 고수를 말이다.

이 중요한 사건을 왜 까먹고 있었을까?

사실 한빈이 아는 것도 그 사건의 일부였다.

한빈이 그 사건에 대해서 알고 있었던 이유는 바로 맹주의 기록 때문이었다.

당시 정의맹의 맹주는 이 사건을 말 몇 마디로 풀었다고 했다.

물론 그때의 맹주는 지금 존재하지 않는다.

앞으로 맹주가 될 위씨세가의 가주는 한빈이 벌써 저세상으로 보내 버렸으니까.

위씨세가가 건재하다면 그가 세상에 얼굴을 드러낼 이유도 없을 것이었다.

그런데 지금은 상황이 달라졌다.

장해왕과 그의 친구 적귀.

무림은 남해천왕과 적귀를 동일인으로 보지만, 한빈은 그 둘이 서로 각기 다른 인물이라는 것을 알고 있다.

기록에 따르면 그 둘은 악보를 교환하다가 만났다고 했다.

한빈은 잠시 문 앞에 멈춰 상념에 빠졌다.

상대가 누군지를 알고 나자 접근 방법을 다시 찾아야 할 듯싶어서였다.

여기서 핵심은 정의맹주와 남해천왕 간의 관계.

그리고 남해천왕과 적귀와의 관계였다.

한빈은 팔짱을 끼고 달을 바라봤다.

나머지 사람들도 생각에 잠긴 한빈을 추궁하지 않았다.

잠시 고민하던 한빈은 조용히 밖으로 나갔다.

그것도 잠시, 한빈은 뒤쪽을 힐끔 봤다.

순간 따라 나가려던 사람들이 멈칫했다.

한빈이 기다렸다는 듯 말했다.

"모두 여기서 대기하십시오. 일단 내가 근처를 둘러보고 오겠습니다."

"혼자는 위험합니다, 형님."

악비광이 눈을 크게 뜨고 말하자 한빈은 손을 휘휘 저었다.

"여럿이 더 위험해."

"에이, 제가 짐이 된다는 말씀입니까?"

"우리 중에 상대가 누군지 정확히 아는 사람은 아무도 없거든."

"지금 이곳이 장해왕의 처소라고 하지 않았습니까?"

"그와 그의 친구를 아는 사람은 우리 중 아무도 없지. 그러니 나 혼자 간다. 그리고 더 중요한 건……."

한빈이 말을 끊자 모두가 마른침을 삼켰다.

그때 해랑이 참지 못하고 말했다.

"우리 아이가 잡혀 있소. 나도 나설 자격이 있다고 보오."

"그 자신감이 누군가를 해칠 수 있습니다. 그리고 중요한 것은 저들이 소란스러운 걸 좋아하지 않는다는 것이죠."

한빈이 밖을 가리켰다.

한빈의 말대로 지금 밖은 조용했다.

어찌 보면 풀벌레 울음소리조차 들리지 않았다.

해랑은 주먹을 꽉 쥐었다.

무력감을 느꼈기 때문이다.

한빈은 그의 어깨를 툭툭 쳤다.

"먼저 검을 들이미는 것보다 대화가 중요할 때도 있는 법입니다. 아마도 상대가 원하는 것이 대화일 듯싶습니다."

"대화라니……. 대화를 하겠다는 사람이 이리 많은 진천뢰를 묻어 두었다는 말입니까?"

"대화하고 싶으니 전쟁터가 아닌 이곳으로 인도한 게 아니겠습니까?"

이것은 한빈의 진심이었다.

한빈은 이곳까지 오면서 중간중간에 기관 장치를 확인했다.

문을 막고 열 수 있는 간단한 장치들이 여기저기 설치되어 있었다.

생각해 보면 한빈이 지나온 장소는 미로일 수도 있었다.

그 미로 중 문 몇 군데를 여닫는다면 바로 다른 통로로 유인할 수도 있다고 생각했다.

아니나 다를까.

예기치 못하게 엉뚱한 곳으로 오게 된 것이다.

그 복잡한 구조 덕분에 묘희나 장단도 변화를 인식하지 못한 것이 분명했다.

말을 마친 한빈이 먼 산과 이곳을 번갈아 가리켰다.

누가 봐도 전쟁터란 멀리 있는 불광사를 뜻하는 것이었다.

그렇다면 이곳은 회담 장소에 가까웠다.

그때 기다렸다는 듯 칠현금 소리가 울려 왔다.

디링. 디딩.

그 소리에 한빈이 손을 흔들었다.

"다녀오겠습니다. 참, 설화는 계약서 준비하고."

"네, 공자님."

설화가 자신 있는 표정으로 보따리를 흔들었다.

그 모습에 한빈이 씩 미소 지었다.

물론 나머지 이들은 황당하다는 표정으로 한빈을 바라봤다.

일행을 문 앞에 둔 한빈은 조용히 칠현금 소리를 향해 걸어갔다.

얼마 안 가 커다란 연못이 눈앞에 나타났다.

규모만 보면 연못인지 저수지인지 모를 정도로 컸다.

대략 잡아도 오십 걸음.

그 가운데 정자가 떡하니 버티고 있었다.

그곳에서 누군가 칠현금을 타고 있었다.

한빈은 그가 적귀라는 것을 알 수 있었다.

달빛은 받은 붉은색 머리는 마치 붉은색 물감을 냇물에 풀어놓은 것처럼 자연스럽게 찰랑였다.

디리링. 딩.

칠현금 소리에 맞추어 붉은 머릿결이 일렁이는 듯한 착각마저 들었다.

적귀의 머릿결 때문인지, 정자와 칠현금에도 붉은색 기운이 맴돌았다.

한빈은 정자에서 칠현금을 타는 적귀를 향해 포권했다.

"후배 팽한빈, 선배님께 인사드려도 되겠습니까?"

디리링. 띠딩.

칠현금의 음율만이 공허하게 울렸다.

주위를 살펴보니 연못을 가로지르는 다리는 없었다.

고수가 아니면 정자까지 다다를 수 없는 구조였다.

분명히 상대는 지금의 외침을 들었을 터.

한빈은 조용히 연못을 바라봤다.

연못 위에 중간중간 떠 있는 연꽃이 눈에 띄었다.

한빈은 재빨리 구걸십팔보를 극성까지 펼쳤다.

그러고는 연못 위의 연꽃을 밟았다.

탕!

탕!

연꽃을 징검다리 삼아 정자로 향하던 한빈의 시야에 번뜩이는 선이 보였다.

휙!

한빈은 재빨리 몸을 틀어 피했다.

살기는 없었지만, 그걸 몸으로 받았다면 뼈까지 잘려 나갈 수 있는 수법이었다.

한빈은 그 선이 천잠사라는 것을 알 수 있었다.

바로 칠현금의 현이었다.

천잠사로 꼬아서 칠현금의 현을 만들다니!

놀람도 잠시, 한빈은 일단 발등에 떨어진 불을 꺼야 했다.

한빈은 재빨리 만월을 던졌다.

휙!

상대를 향해 던진 것은 아니었다.

만월은 달빛을 가로지르며 정자의 기둥에 꽂혔다.

만월은 천잠사로 연결되어 있었다.

한빈은 재빨리 천잠사를 당겼다.

'일촉즉발.'

동시에 펼친 용린검법의 초식.

한빈의 몸이 정자를 향해 화살처럼 날아갔다.

슉!

천잠사를 잡아당기자 한빈의 손에 다시 만월이 들어왔다.

정자에 가까이 왔을 때였다.

한빈은 만월을 들었다.

이것은 본능이었다.

살기는 없었지만 위쪽에서 묘한 기세가 느껴졌다.

아니나 다를까, 정자 위쪽에서 개작두처럼 거도가 떨어졌다.

팡!

한빈은 만월로 거도를 막아 낸 상대를 확인했다.

뒤쪽으로 한 발 물러난 한빈이 인사했다.

"후배, 남해천왕과 적귀 선배를 뵈옵니다."

한빈이 조용히 포권하자 위쪽에서 거구의 사내가 내려왔다.

그는 수염을 쓸어내리며 한빈을 바라봤다.

한빈도 조용히 상대를 바라봤다.

그가 남해천왕이 분명했다.

반로환동이라도 한 것일까?

나이로만 따지면 등이 굽었어야 할 텐데 얼핏 보기에는 불혹도 넘어 보이지 않았다.

그 옆에는 칠현금을 타고 있는 여인이 있었다.

그 여인의 머릿결은 핏물이 흐르는 것만 같았다.

왜 적귀란 이름이 붙었는지 머리카락을 보니 알 수 있었다.

사실 적귀가 여인이라는 것은 한빈도 지금 처음 안 사실이었다. 그 전까지는 적귀를 사내로 알고 있었다.

전생에 봤던 정의맹의 기록에는 적귀의 성별에 대해서는 나와 있지 않았고, 남해천왕의 친구라고만 기록되어 있었기 때문이다.

한빈의 눈빛을 본 남해천왕이 입을 열었다.

"용케 나를 알고 있군. 그런데 어떻게 적귀를 아는 겐가?"

"붉은 머리를 보고도 모른다면 눈이 삔 것이지요."

"흠, 소문대로 입은 살아 있군. 그런데 왜 나를 선배라고 불렀는가?"

"그 거도를 썼으니 당연하지 않겠습니까? 왕야의 신분으로 나섰다면 그 거도가 아니라 병사를 동원했겠죠. 아닌가요?"

"아니라고는 말 못 하겠네. 그런데 자네가 어떻게 여기에 온 거지?"

"저를 부르신 게 아닙니까? 기관 장치까지 동원해서 길을 여신 것을 보면, 저와 대화를 하시려는 뜻이 아닌가 싶습니다만!"

한빈이 고개를 들었다.

순간 남해천왕의 눈빛이 반짝였다.

"자네를 부른 게 아니라 자격이 있는 자를 부른 것일세."

"자격이라……. 제가 여기까지 왔다는 것은 자격이 있다는 말씀인가요? 선배님."

한빈은 조용히 남해천왕을 바라봤다.

그의 의중을 살피기 위해서였다.

일단 남해천왕이나 적귀 모두 살기는 비치지 않고 있었다.

살기라기보다는 약간의 호기심만을 흘리고 있었다.

이번에는 적귀가 입을 열었다.

"그래요. 대화할 자격이 있는 자에게만 문을 열어 주죠."

"그럼 혹시 장단하 소저의 사부가 적귀 선배님이신가요?"

"그 아이의 사부는 제가 아니에요. 말하자면 그 아이에게는 제가 사조(師祖)겠네요."

"그럼 장단하 소저에게 금제가 걸려 있는 것도 알고 계셨나요?"

"금제라니……."

적귀가 고개를 살짝 기울였다.

아마도 금시초문인 듯싶었다.

당황한 적귀의 표정에 남해천왕이 나섰다.

"일단 용건부터 듣도록 하지."

"그럼 제 용건부터 말씀드리지요. 저는 불광사에서 벌어질 일이 궁금합니다."

"불광사라……."

"그리고 진천뢰의 쓰임에 대해서 알고 싶습니다."

말을 마친 한빈은 남해천왕의 표정을 살폈다.

다행히도 그의 표정에 변화는 없었다.

처음 한빈을 맞이할 때 그대로였다.

한빈은 그를 관찰하며 전생에 맹주가 그와 어떤 대화를 나누었을지를 생각해 봤다.

맹주는 암제의 조종을 받고 있었다.

그리고 암제는 백의 수하였다.

그렇다면?

한빈은 앞으로 나눌 이야기를 머릿속에 정리했다.

그때였다.

남해천왕의 눈빛이 살짝 바뀌었다.

이전보다 진지해진 모습에 기세를 감추지 않고 마음껏 드러내고 있었다.

한빈은 그 변화를 모른 척했다.

앞으로 나올 이야기를 알기 때문이었다.

"그 얘기를 나누려면 내가 자네를 시험해 봐야 할 텐데, 괜찮은가?"

"제가 시험에 통과한 게 아닌가요?"

한빈이 모른 척 물었다.

아마도 이전의 시험은 그저 마주 앉아 있을 자격을 가늠한 듯싶었다.

이제는 그들과 대화를 나눌 때였다.

"아직은!"

남해천왕이 뒤쪽으로 물러났다.

그러고는 거도를 바닥에 꽂았다.

반들반들한 정자의 바닥을 뚫고 가는 거도.

한빈은 그 모습을 쓸쓸하게 지켜봤다.

아무리 봐도 장인 몇몇이 밤을 새워서 만든 정자가 분명했다.

하지만 그것은 한빈의 오해였다.

바닥에 거도를 꽂자 바닥에서 피리 하나가 솟구쳤다.

피리를 잡은 남해천왕이 적귀의 옆에 앉았다.

그러고는 조용한 눈빛으로 물었다.

"우리의 음률을 받아 보겠는가?"

"그럼 저는 검무로 어울려 드리죠."

말을 마친 한빈이 만월을 들었다.

사실 한빈은 음악에 대해서 그리 공부가 깊지 못하다.

과연 둘은 무엇으로 한빈을 시험할까?

한빈은 호기심 가득한 눈으로 그들을 바라봤다.

약간 실망한 것은 아직 둘의 몸에 구결의 흔적이 보이지 않는다는 점이었다.

그때 적귀가 말했다.

"봄이 찾아드니 꽃이 피고……."

칠현금의 현을 퉁기는 적귀의 모습에, 남해천왕이 말을 받았다.

"꽃을 본 나비가 찾아드니……."

말을 마친 남해천왕이 피리를 들었다.

순간 둘 사이에 공명이 일어났다.

한빈은 재빨리 용린검법을 확인했다.

딱 시간에 맞게 우이독경을 다시 쓸 수 있었다.

재빨리 우이독경을 쓰려던 한빈이 멈칫했다.

그들이 만들어 낸 공명이 묘한 형상을 만들어 냈기 때문이었다.

그것은 백에게서 느꼈던 백색의 기운과 비슷했다.

물론 백에게서 확인했던 신선의 기운은 지금보다 더 진했다.

백에게 빙의한 자가 팔선 중 하나인 한상자라는 것은 한눈에 알아봤었다.

하지만 지금 둘의 공명이 만들어 낸 기운은 그것보다 희미하다.

중요한 것은 그들의 공명이 만들어 낸 형상에서 선기가 느껴진다는 점이었다.

한빈은 우이독경을 사용하지 않기로 했다.

그들의 공명이 만들어 낸 기운을 실력으로 받기로 한 것이다.

한빈은 재빨리 구걸십팔보를 펼쳤다.

그와 동시에 전광석화를 검에 담았다.

챙!

한빈이 단검 만월로 그들의 기운을 흘렸다.

그게 시작이었다.

흘린 기운이 뒤쪽에서 다시 날아왔다.

마치 이기어검을 펼치듯 무형의 기운이 자유롭게 움직이고 있었다.

한빈은 다시 한번 만월로 기운을 쳐 냈다.

그때 적귀가 남해천왕을 바라보며 고개를 끄덕였다.

마치 그다음 단계로 넘어가자는 뜻 같았다.

적귀의 손가락이 현 위를 누볐다.

디리링. 딩.

남해천왕의 손가락이 피리 위를 휩쓸듯이 지나갔다.

두 번째로 만들어 낸 음률이 서로 공명하더니 한빈을 향해 날아왔다.

한빈은 씩 웃으며 재빨리 만월로 그 기운을 모조리 튕겨 냈다.

그들의 공격은 점점 빨라졌다.

말도 안 되는 속도로 연주하는 적귀와 남해천왕.

한빈은 그들의 어떻게 남해의 해적을 소탕했는지 이해할 수 있었다.

사실 어떤 육지의 고수도 해적을 소탕하기란 쉽지 않았다.

빠른 배로 육지에서 도망치면 쫓을 길이 없으니 말이다.

하지만 적귀와 남해천왕이라면 이야기가 달랐다.

멀리서 저런 음공을 날릴 수 있다면 적의 돛대를 꺾어 놓는 것은 일도 아닐 듯싶었다.

디리링. 딩.

그들의 연주는 끊이질 않았다.

거기에 중간중간 시를 읊는 것이 이 대결을 즐기는 것만 같았다.

점점 빨라지는 그들의 연주가 갑자기 멈추었다.

한빈은 그 순간 적귀의 손가락을 보았다.

손가락에는 백색의 기운이 몰아치고 있었다.

남해천왕도 마찬가지였다.

그의 입술에도 백색의 기운이 몰아치고 있었다.

모든 것을 마지막 한 수에 털어 내려는 모습이었다.

디링!

휙!

칠현금과 피리의 음이 짧은 공명을 만들어 냈다.

그때였다.

한빈은 눈앞에 나타난 백색의 벽을 보았다.

그 벽은 마치 구름과도 같았다.

하얀 구름이 한빈의 앞에 생겨났다.

조그만 정자 위에서 백색의 구름을 피한다는 것은 말도 안
되었다.

한빈은 재빨리 용린검법을 바라봤다.

[소모성 구결 : 금(金), 토(土), 화(火), 목(木), 파(破)]

한빈은 재빨리 최근에 얻었던 파(破)의 기운을 만월에 불어
넣었다.

순간 눈 깜짝할 사이에 만월에 푸른 기운이 맺혔다.

아마도 구름 때문에 적귀와 남해천왕은 한빈의 지금 모습

을 못 볼 터.

한빈은 재빨리 파의 기운으로 다가오는 구름을 찔렀다.

한빈이 구름을 찌르는 순간 구름의 색이 바뀌었다.

하얀색에서 청색 구름으로 바뀐 것이다.

순간 한빈의 기운이 구름의 기운과 공명했다.

청색 먹구름의 가운데 부분이 슬쩍 걷히더니, 적귀와 남해 천왕의 모습이 보였다.

한빈은 그들의 놀란 표정을 똑똑히 보았다.

이제까지의 표정과는 전혀 달랐다.

무미건조한 그들의 얼굴에 감정이라는 꽃이 핀 것이다.

그때였다.

청색 구름이 미세하게 진동하기 시작했다.

순간 한빈이 그들에게 외쳤다.

"조심하십시오!"

"……."

그들에게 답을 받을 수는 없었다.

답을 받을 사이도 없이 청색 구름이 마구 흔들렸다.

그때 이상한 일이 일어났다.

터져 나오는 기운이 그리 불쾌하지 않았던 것.

한빈은 두 눈을 뜨고 터져 나오는 기운들을 확인했다.

순간 한빈의 눈이 커졌다.

소모성 구결을 나타내는 흔적이 청색 기운의 여기저기에

남아 있었기 때문이다.

한빈은 재빨리 만월을 찔렀다.

획. 획.

순간 눈앞에 나타나는 글귀.

[용안으로 구결을 확인합니다.]

[소모성 구결 빙(氷)을 획득하셨습니다.]

[소모성 구결 수(水)를 획득하셨습니다.]

이것은 남는 장사였다.

소모성 구결 하나를 사용해서 둘을 얻었으니까.

[소모성 구결 : 금(金), 토(土), 화(火), 목(木), 빙(氷), 수(水)]

구결 두 개를 획득하자 갑자기 청색 구름이 검은색으로 바뀌었다.

그러더니 구름이 일그러지기 시작했다.

순간 한빈은 재빨리 몸을 뒤로 튕겼다.

동시에 귀청을 때리는 굉음이 들려왔다.

쿠아앙.

굉음과 함께 한빈의 몸이 정자에서 멀어졌다.

첨벙.

한빈의 몸이 연못에 빠졌다.

한빈은 연못에서 일어났다.

깊을 것이라고 생각했는데 연못의 물은 무릎 정도까지만
올라왔다.

눈앞을 보니 정자가 걸레짝이 되어 있었다.

아무래도 시험은 물 건너간 것 같았다.

그렇다면 힘으로 상대를 제압하는 수밖에 없었다.

한빈은 만월에 용린의 기운을 피운 채 연못에 섰다.

그러고는 상대를 바라봤다.

그때 한빈의 반대편에서 누군가가 손뼉을 쳤다.

그는 바로 남해천왕이었다.

그는 손뼉을 치며 한빈의 앞으로 다가왔다.

"시험에 통과했네."

"네?"

한빈이 황당하다는 듯 상대를 바라봤다.

그때 적귀가 멀리서 말을 이었다.

"우리는 공자의 기운을 확인하고 싶었을 뿐이에요. 적인지
아군인지……."

한빈이 눈을 가늘게 떴다.

적귀의 말이 이해되지 않았기 때문이다.

한빈이 보인 것은 용린검법의 일부였다.

그런데 그 기운을 보고 아군인지 적군인지 판단했다니?

이상한 것은 그들의 표정을 보니 적군이라 판단을 내린 것 같지는 않았다는 점이다.

한빈은 조용히 말을 이었다.

"그럼 저는 아군입니까? 적군입니까?"

"귀한 손님!"

남해천왕이 짧게 답했다.

다른 무인이 저리 답했다면 예의 없다고 했겠지만, 상대는 어엿한 황실의 종친.

거기에 왕의 신분을 지닌 자였다.

강호의 신분으로는 선배라 칭했지만, 나라를 놓고 보면 한 없이 고귀한 자였다.

그 때문일까?

묘하게도 저런 말투가 어울렸다.

한빈이 웃었다.

"그럼 귀한 손님 대접 좀 받겠습니다."

"나머지 사람들도 들라 하지요."

적귀가 손을 흔들었다.

한빈은 적귀가 가리키는 것이 일행임을 깨달았다.

"봐서 부르겠습니다."

"마음대로 하게."

이번에는 남해천왕이 답했다.

그들은 다른 정자로 옮겼다.

그곳에는 벌써 술과 음식이 준비되어 있었다.

마치 이런 일이 있을 것이라고 예상한 것만 같았다.

한빈은 말없이 남해천왕을 바라봤다.

남해천왕이 아무렇지 않게 품속을 뒤졌다.

그러고는 두루마리 하나를 꺼내 놓았다.

탁!

한빈은 반사적으로 두루마리를 받아 들었다.

두루마리를 펼친 한빈의 눈이 커졌다.

필체가 눈에 많이 익었기 때문이었다.

검선의 묘에서 봤던 그 필체였다.

대체 어떻게 된 것일까?

검선이 남겨 놨던 그 글이 이곳에도 적혀 있다니.

이쯤 되자 한빈도 표정을 숨길 수 없었다.

"대체 어떻게 된 일입니까? 이걸 남기신 분이 혹시……."

"누굴 것 같나?"

"검선 어르신이 아닙니까?"

"예상대로 알아보는군. 역시 그대는 검선의 유지를 알고 있었어."

"……."

한빈은 슬쩍 남해천왕의 눈치를 봤다.

아직 모든 의문이 풀린 것은 아니었다.

이 두루마리가 다른 검선의 묘를 발견해서 얻은 것이라면?

한빈의 의문 섞인 눈빛을 남해천왕이 못 알아볼 리 없었다.

그는 입가에 미소를 짓더니 말했다.

"날 의심할 필요는 없네. 만약 자네를 죽이기로 마음먹었다면 자네가 이곳에 도착하기 전에 진천뢰를 터뜨렸을 테니까."

"맞는 말씀입니다. 그럼 제가 반대로 묻죠."

"물어보시게."

"황실의 종친과 무림인을 죽이려는 이유가 뭡니까?"

한빈은 단어 하나하나에 힘을 주었다.

이제는 본론으로 들어가야 할 때였기 때문이다.

이제까지 모든 것은 이 대화를 하기 위한 준비였다.

한빈의 비장한 표정을 본 남해천왕이 말을 이었다.

"나는 종친과 무림인을 죽이려고 한 일이 없네."

"그게 무슨 말입니까? 진천뢰를 불광사로 옮기지 않았습니까? 그리고 그곳에는 황실의 종친이 참석한다고 들었습니다. 그것도 모자라 무림인을 납치하기까지 했습니다. 이 모든 것을 어떻게 설명하시겠습니까?"

한빈은 쉬지 않고 질문을 던졌다.

남해천왕과 적귀는 묘한 눈빛으로 서로를 바라봤다.

시선을 교환한 뒤 입을 연 것은 적귀였다.

적귀가 붉은 머리를 뒤로 넘기며 말을 이었다.

"사실과 오해가 적절하게 섞여 있는 것 같군요."

"조금 쉽게 말씀해 주시지요."

"그건 미끼였습니다."

"그게 무슨 말입니까? 황실의 종친이 미끼라는 말입니까?"

"그렇지요. 그리고 무림인도 미끼였지요."

"자, 잠시만요. 아무리 생각해도 미끼라는 말이 이해되지 않습니다. 대체 무엇을 잡기 위한 미끼라는 말입니까?"

"천외천을 잡기 위한 미끼입니다."

"천외천이요?"

한빈이 눈을 동그랗게 떴다.

벌써 몇 번씩 듣는 말이었다.

그들이 말하는 천외천이란 누굴까?

혹시 백경을 말하는 것일까?

한빈은 눈을 가늘게 뜨고 적귀의 대답을 가렸다.

하지만 입을 연 것은 남해천왕이었다.

"나는 황실을 뛰어넘는 어떤 힘도 인정할 수 없네. 그래서 계획했지. 중원을 엿보는 천외천의 힘을 한 번에 무너뜨리기로 말이네."

"그래서 무림인을 납치했다는 말입니까?"

"납치하지 않았네."

"그럼 왜……."

"그저 스스로 따라왔을 뿐이네."

"스스로 따라왔다고요? 그중에는 제 형님도 계십니다."

"그래, 사도련의 독고진 대협도……. 하북팽가의 팽 소협도 모두 자진해서 따라왔다네."

"따라가 본 흔적에는 분명히 피 냄새가 배어 있었습니다. 그런데 자진해서 따라왔다는 건 이해가 안 됩니다."

"지금 피 냄새라고 했나?"

"그렇습니다."

"그럴 리가 없네. 그들은 식음을 전폐한 채 비급 연구에 푹 빠져 있으니 말일세."

"지금 비급이라고 하셨습니까?"

"그렇다네. 자네는 불광사가 어떤 곳이라고 보나?"

"오래된 사찰로 알고 있습니다."

"거긴 황궁의 다섯 번째 서고가 있는 곳일세."

"다섯 번째 서고라면……."

"황실에서 수집했던 무림 문파의 비급들이 그곳에 보관되어 있지."

"황실의 서고가 그곳에 있단 말입니까?"

"그래. 우리는 각파에 서신을 보냈네. 그중 중간에 만난 무림인들은 바로 불광사로 온 것이고."

"그럼 진천뢰는요?"

"무림인이 모인다면 반드시 그들도 올 것이네. 황궁을 노리는 천외천의 세력 말일세."

"그게 혹시 북쪽의 세력입니까?"

"북쪽이라니, 그게 무슨 말인가?"

남해천왕이 고개를 갸웃하자, 한빈은 눈을 가늘게 떴다.

한빈은 전생의 맹주가 어떻게 교섭했는지를 알 것만 같았다.

한빈이 아는 천외천의 세력과 남해천왕이 말하는 천외천의 세력은 전혀 다른 조직이었다.

그렇다면?

한빈이 조심스럽게 말을 이었다.

"중원의 세력이 황궁을 노릴 리가 있겠습니까? 그러니 새외라 말씀드린 것이죠."

"허허. 말이 되는군."

"제 생각이 맞습니까?"

"그렇다네. 그들은 새외의 세력들이네. 문제는 그들의 세력이 중원 깊숙이 들어왔다는 것일세. 그것도 모든 문파에 말일세."

"흠."

"그래서 한 가지 결심을 했지."

"무슨 결심입니까?"

"그 세력을 한 번에 몰아내기로 말일세."

"어떻게 몰아냅니까?"

"모든 무림인을 불광사로 모으는 것일세."

"그래서요?"

"나는 그들 중에 천외천의 세력을 색출할 것일세."

"어떤 방법으로 말입니까?"

"색출을 못 한다면 한 번에 묻어 버리면 그만일세."

"자, 잠시만요. 그게 검선의 뜻이었습니까?"

질문을 던진 한빈이 두루마리를 펼쳤다.

그곳에는 남해천왕의 결심과 연관된 내용은 조금도 찾아볼 수 없었다.

남해천왕이 말을 이었다.

"그것은 내 결심일세."

"남해천왕 선배의 결심은 무림인을 모두 없애겠다는 말씀입니까?"

"썩은 부위를 찾지 못한다면 잘라 낼 수밖에 없지 않은가?"

말을 마친 남해천왕은 눈을 반짝였다.

그 모습에 한빈은 속으로 한숨을 삼켰다.

아무리 봐도 남해천왕의 눈빛에 광기는 없었다.

지금 그는 이성적으로 판단한 것이었다.

"쌀벌레가 생겼다고 곳간에 불을 지르는 것과 무엇이 다르다는 것입니까?"

"쌀벌레를 잡지 못한다면 곳간에 불을 지르는 것이 맞지 않나?"

"그러다가 옆에 옮겨붙으면요?"

"그럴 리는 없네."

"혹시 이런 결심을 한 것이 언제부터입니까?"

"……."

남해천왕이 고개를 갸웃했다.

순간 한빈은 그의 눈동자에 서리는 묘한 기운을 느꼈다.

한빈은 그 눈빛의 정체를 알 것만 같았다.

그때 적귀가 대신 답했다.

"한 달 정도 되었어요."

"자, 잠시만요. 한 달 만에 지금 이런 결정을 내렸다는 겁니까?"

한빈은 겨우 터져 나오려는 비명을 삼켰다.

이제는 남해천왕의 상태를 확신할 수 있었다.

지금 그는 무당파의 장문보다 더 심각했다.

그 증세가 뜻하는 것은 딱 하나였다.

그때 적귀가 답했다.

"아마도요."

"흠, 한 달이라……."

"그 정도 됐을 거예요."

적귀가 표정 변화 없이 말했다.

순간 한빈이 눈을 가늘게 떴다.

한빈은 품속에서 뭔가를 꺼냈다.

갑작스러운 한빈의 행동에 적귀가 칠현금을 잡았다.

긴장도 잠시, 적귀의 표정에서 경계심이 사라졌다.

한빈이 꺼낸 것이 조그만 상자라는 것을 알았기 때문이었
다.

탁.

한빈은 바닥에 상자를 내려놨다.

"이건 향초를 피우는 물건입니다."

"향초라……. 그럼 향로겠군요. 그런데 왜 향로를 꺼낸 것
이죠?"

"아무래도 대화에 이게 필요할 것 같아서 말입니다."

"이게 왜 필요하죠?"

"일부 몇몇 재료를 섞어 넣으면 정신을 맑게 만들죠. 제가
보기에는 이 향초가 지금 필요합니다. 잠시만 기다리시죠.
향초를 피우기 전에 해야 할 일이 있습니다."

"그게 뭐지요?"

"보여 드릴 테니 잠시만 기다리시죠."

한빈은 조용히 고개를 돌렸다.

뒤쪽을 바라보던 한빈은 조용히 손가락을 튕겼다.

딱!

그 소리에 멀리서 백색의 신형이 날아왔다.

물론 그 신형의 주인은 설화였다.

설화는 사뿐히 한빈의 옆에 앉더니 아무렇지 않게 보따리를 펼쳤다.

그곳에는 지필묵이 가지런히 정리되어 있었다.

지필묵을 확인한 한빈이 다시 손가락을 튕겼다.

딱!

그 소리에 설화가 사라졌다.

다시 일행에게 돌아가는 설화의 표정은 잔뜩 굳어 있었다.

물론 그 표정을 남해천왕과 적귀가 볼 수는 없었다.

한빈은 소매를 걷어 올렸다.

그러고는 먹을 묻힌 붓을 들더니 일필휘지로 시를 적어 나갔다.

사사—삭.

전광석화를 담은 한빈의 붓은 눈 깜짝할 사이에 시를 만들어 냈다.

다른 시는 아니고 소동파의 적벽부의 일부였다.

한빈의 붓놀림에 남해천왕은 적잖게 놀라는 모습이었다.

한빈은 붓이 마르기도 전에 시를 적은 종이를 남해천왕에게 건넸다.

"읽어 보시죠. 이건 제 마음의 선물입니다."

"선물이라……."

남해천왕은 아무렇지 않게 한빈이 준 시를 펼쳤다.

"좋군, 좋아!"

그는 계속해서 탄성을 뱉었다.

한빈은 다시 붓을 들었다.

"이번에는 적귀 선배에게 드리는 선물입니다."

말을 마친 한빈은 일필휘지로 시를 적었다.

사사-삭.

붓이 얼음 위를 누비듯 매끄럽게 종이 위를 휘저었다.

남해천왕은 자신의 선물을 감상하느라 한빈의 붓놀림을 살피지 못했다.

사실 살필 것도 없는 것이 이번에 한빈이 적는 것은 이백의 시였다.

눈 깜짝할 사이에 시를 적은 한빈은 마음에 안 든다는 듯 고개를 젓더니 몇몇 글자를 그었다.

스스슥.

그런 후에 이번에 적은 시를 적귀에게 건넸다.

적귀도 기분이 좋은 듯 시를 감상했다.

둘이 시를 감상할 때 한빈은 지필묵을 다시 정리했다.

지필묵을 정리하며 한빈이 나지막한 목소리로 말했다.

"저는 검선 어르신의 뜻을 받들 겁니다. 그렇지만 문제가 있습니다."

"무엇이 문제인가?"

"지금 남해천왕 선배의 행동이 검선 어르신의 뜻에 부합하느냐 하는 점입니다."

"그건 내가 결정하네."

"무림을 말살시키려는 게 검선의 뜻입니까?"

"자네라면 내 뜻에 동조할 줄 알았네."

"물론 남해천왕 선배의 뜻에 따를 겁니다."

"흠, 역시 이해할 줄 알았네."

"그럼 황실의 종친들은 어찌할 예정입니까?"

"황실의 종친 중에도 그 세력이 있다면 솎아 내야겠지."

남해천왕이 인자한 미소를 보였다.

그 미소에 화답하듯 한빈이 고개를 끄덕였다.

"그럼 그런 의미에서 제가 차를 대접해도 될까요?"

"좋아요."

이번에는 적귀가 답했다.

말을 마친 적귀의 얼굴에는 수심이 가득 차 있었다.

자세히 보면 눈썹이 살짝 떨리고 있었다.

적귀는 지금 한빈이 준 시에서 눈을 떼지 못하고 있었다.

한빈이 준 시는 평범한 이백의 시였다.

하지만 한빈이 그어 놓은 글자가 문제였다.

처음에는 사실 무심히 넘기려고 했다.

그런데 무심히 넘기지 못할 것이, 아무리 봐도 잘못 적은
글자가 아니었다.

어찌 보면 지운 글자가 더 명필에 가까웠다.

명필을 그어 놓으니 더 관심이 가는 것은 당연했다.

그렇게 유심히 보다 보니 그 글자들의 뜻이 이상함을 알아차렸다.

친우, 고독, 중독 등의 글자였다.

그 글자를 조합해 보니 친우가 고독에 중독되었다는 문장이 되었다.

그리고 마지막에 어떤 일이 있어도 놀라지 말라는 말로 마무리되어 있었다.

고독이라?

적귀는 자신도 모르게 소스라치게 놀랐다.

남해천왕은 누구보다 믿을 수 있는 친우였다.

황실에서 권력을 쥐는 대신 강호를 누볐고, 누구보다 백성을 위하는 이가 바로 남해천왕이었다.

그런데 고독에 중독되었다고?

생각해 보면 한 달 전부터의 행동이 이상하긴 했다.

그때였다.

한빈이 화섭자로 향초에 불을 붙였다.

불을 붙인 한빈이 작은 목소리로 말했다.

"이것은 삼황초라는 약초입니다. 어떤 흉악한 고독도 몰아낼 수 있는 효험이 있죠. 선배님들이 저를 시험하셨으니, 이번에는 제가 선배님들을 시험해 보겠습니다."

"지금 고독이라고 했나?"

남해천왕이 눈을 가늘게 뜨며 자리에서 일어났다.

그는 조용히 거도를 잡았다.

마치 한빈에게 따지려는 듯 보였다.

그는 한빈이 답하기도 전에 거도를 휘둘렀다.

거도가 향한 방향은 정확히 향로였다.

팡!

향로가 있던 자리에 파편이 튀어 올랐다.

파파박!

나뭇조각이 바늘처럼 주변에 퍼졌다.

하지만 향로가 풍기는 향기는 줄어들지 않았다.

자욱한 먼지 사이로 스며 나오는 향기.

그 먼지 사이로 희미하게 불빛이 흘러나왔다.

그 불빛의 정체는 바로 한빈이 들고 있는 향로.

그냥 보통의 향로가 아니라 초아부터 시작해서 무당의 장문인까지 치료했던 무애향로였다.

타들어 가는 향로의 불빛을 본 남해천왕이 다시 거도를 휘둘렀다.

먼지 속 불빛이 신기루처럼 사라졌다.

동시에 먼지 속에서 단검 하나가 툭 튀어나왔다.

남해천왕은 재빨리 거도를 들어 검을 막았다.

탕!

거친 소리가 모양만 남은 정자 주변에 울렸다.

서서히 먼지가 걷히자 한빈이 모습을 드러냈다.

한빈은 왼손에 무애향로를 올려놓고 있었다.

동시에 오른손으로는 만월을 남해천왕에게 겨누고 있었다.

한빈이 검 끝을 까닥였다.

이것은 명백한 도발!

남해천왕에게 들어오라는 표시였다.

순간 남해천왕의 눈동자가 온통 검은색으로 물들었다.

누가 봐도 눈에 띄는 변화를 확인한 적귀가 말했다.

"공자! 지금 이게 무슨 일이에요?"

"제가 말씀드린 대로입니다. 왕야는 지금 고독에 중독되었습니다."

"해독이 가능한 거죠?"

"당연합니다. 제가 마무리 짓지 못할 일이었다면 시작도 하지 않았습니다."

한빈이 적귀를 보며 고개를 끄덕였다.

누가 봐도 자신 있는 모습이었다.

표정과는 달리, 한빈은 내심 놀라고 있었다.

한빈은 남해천왕이 중독된 것이 무당의 장문인과 같은 종류라 생각했다.

그래서 삼황초를 꺼내 들었던 것.

하지만 지금의 판단으로는 성급했었던 것 같았다.

그것은 남해천왕의 관자놀이를 보면 알 수 있었다.

고독이 맞으니 삼황초에 반응은 하지만, 빠져나오지는 않고 있었다.

말하자면 딱 들어맞는 약초가 아니라는 말이었다.

그렇다면 남해천왕의 머릿속에 들어차 있는 것은 혈고의 종류가 아니라는 것.

그때였다.

거도가 일도양단의 기세로 한빈의 정수리를 향해 날아왔다.

한빈이 재빨리 몸을 돌리며 비켜섰다.

그의 거도를 단검으로 막는다는 것은 득보다 실이 많았다.

그때였다.

한빈은 뒤쪽에서 살기를 느꼈다.

힐끔 돌아보니 동창의 무사들이 활을 들고 있었다.

뒤쪽에는 활, 앞쪽에는 검을 든 무사들이 언제라도 들이닥칠 준비를 하고 있었다.

어림잡아도 오십 명이 넘는 인원들이었다.

적귀는 그들을 향해 칠현금을 들었다.

칠현금을 허리에 댄 채 언제라도 음공을 날릴 준비를 하고 있었다.

적귀는 지금 한빈을 믿고 있었다.

그녀도 남해천왕의 관자놀이 부근에서 꿈틀대고 있는 고

독을 두 눈으로 똑똑히 봤다.

사실 한 달 전부터 남해천왕의 행동이 이상했다.

남해의 해적을 소탕한 뒤로 그는 적귀와 함께 조용히 무림과 황궁을 관찰하며 세월을 보냈다.

검선이 남긴 문서에 따라 후인이 나타나면 기연을 전하기 위한 준비만 했다.

그런데 갑자기 강호의 일에 개입하겠다고 나선 것이다.

동창의 수장인 조 환관이 증거를 수집했다.

조 환관은 적귀와 남해천왕의 공동 후인.

적귀는 조 환관이 그릇된 정보를 가져왔다고는 믿지 않았다.

그의 말대로라면 조금만 늦어도 무림과 황실이 정체불명의 세력에 넘어갈 터였다.

그렇게 황실이 꼭두각시가 되는 것을 지켜보는 것은 검선의 뜻이 아니라고 했다.

그래서 적귀도 그의 계획에 동참했다.

오랜 시간 동안 지켜 왔던 관찰자의 자리를 포기하고 강호에 직접 손을 뻗는다?

사실 조금 이상하긴 했어도 적귀는 남해천왕의 마음을 추호도 의심하지 않았다.

남해천왕은 적귀의 진정한 음악을 들어 줄 유일한 사람이니까.

물론 남해천왕도 똑같았다.

그들은 서로의 진정한 음을 들어 줄 수 있는 유일한 사람이었다.

사실 음공이라는 것이 상대를 공격하기 위한 수단만은 아니었다.

그것은 검무와도 비슷하다고 볼 수 있었다.

화려한 검무를 보면 누구나 탄성을 내지르기 마련이다.

하지만 음공은 다르다.

그 음악에 최고의 공력을 실어 펼치는 것이 바로 음공이 아니던가?

연주에 공력을 싣게 되면 무엇이 달라질까?

결론부터 말하면 악기가 내는 음률이 살아 숨 쉬게 된다.

마치 생명을 얻은 것처럼 팔짝팔짝 뛰며 사방에 퍼져 나간다.

물론 그 음악을 감상할 수 있는 사람은 드물었다.

육체가 그 파장을 못 견디기 때문이다.

검무를 펼치는 것을 보고 눈이 머는 사람은 없지만, 고막은 음공 속의 음률을 듣는 것을 견디지 못한다.

적귀와 남해천왕은 그 파장을 견딜 수 있는 귀를 타고났다.

즉 둘은 내공이 실린 음악을 들어 줄 수 있는 진정한 지기였던 것.

이제는 하나뿐인 친우를 구해야 할 때였다.

그를 구하기 위해서는 한빈의 도움이 절대적이었다.

지금 활을 겨누는 동창의 무사들은 치료에 방해가 될 뿐.

적귀의 가느다란 손가락이 현을 퉁기기 위해 준비하고 있었다.

그때였다.

백색 무복의 소녀가 적귀의 옆에 다가왔다.

"여긴 우리한테 맡기시고 공자님 좀 도와주세요."

"대체 어떻게?"

적귀가 고개를 갸웃했다.

백색 무복의 소녀는 조금 전 지필묵을 내려놓고 갔던 아이였다.

물론 그 소녀는 설화였다.

설화가 옆을 힐끔 보며 말했다.

"청화야, 준비해."

"네, 알았어요. 언니."

청화가 팔짱을 끼고 동창의 무사들을 노려보았다.

그것만으로 동창의 무사들이 뒤로 물러났다.

동창의 무사들이 뒤로 물러난 이유는 간단했다.

청화의 기세에 눌린 것이 아니라, 바로 머리 장신구에 놀란 것이었다.

청화가 머리에 꽂고 있는 것은 사천당가를 상징하는 뱀 모양의 장신구였다.

동창의 무사들 중 그 장신구를 모르는 이는 없었다.

사천당가의 직계들은 가능하면 피하라고 선배들이 조언했기 때문이다.

정파 중에 가장 음험한 것이 바로 사천당가니 말이다.

그때 누군가 대나무를 들고 두 소녀의 앞에 나타났다.

대나무로 만든 봉을 쥐었다 놨다 하던 사내가 못마땅한 표정으로 한숨을 내쉬었다.

"괜히 내 창을 두고 오라고 해서……. 이렇게 손에 맞지 않아서야!"

"하수나 병기 탓을 하는 것이오."

마원이 고개를 흔들며 나타났다.

그들의 중앙에서 붓을 든 사내가 천천히 걸어 나왔다.

그는 동창의 수장으로 보이는 무사를 향해 거리낌 없이 다가갔다.

"나와 거래 좀 터 보시겠소?"

얼굴에는 그 어떤 의도도 보이지 않았다.

거기에 더해 그리 고수로 보이지도 않았다.

그는 바로 익절선생 마휘였다.

사도련의 군사이자 소문난 전략가인 마휘.

판관필을 놔두고 왔기 때문에 그는 진짜 붓을 든 것이다.

그 붓은 설화에게 빌렸다.

그뿐만 아니라 한 손에는 종이까지 쥐고 있었다.

동창의 무사 중 하나가 그를 보더니 말했다.

"저자는 사도련의 마휘입니다!"

그의 외침에 동창의 수장이 손을 들었다.

"모두 뒤로 물러나라! 위험하다!"

"저자는 붓 한 자루밖에 들지 않았습니다."

"마휘가 붓 한 자루를 들고 궁수들 앞에 나섰겠느냐?"

"그러고 보니……."

동창의 무사들은 마휘의 등장에 뒤로 물러났다.

동창의 수장은 마휘가 숨겨 놓은 수를 찾기 위해 눈을 번뜩였다.

설화와 청화 그리고 마휘 덕분에 동창의 무사들은 일순간 잠잠해졌다.

뒤쪽에서 이를 지켜보던 적귀의 눈이 커진 것은 어찌 보면 당연한 일이었다.

이 모든 상황을 정리하고 있는 것은 바로 눈앞에 있는 젊은 공자였다.

그 공자, 즉 한빈은 당당하게 중독된 남해천왕을 치료하겠다고 선포했다.

그녀는 놀라지 않을 수 없었다.

이름도 모르는 한 젊은 고수가 이룬 무공의 경지도 놀라웠지만, 그가 이 모두를 진두지휘하고 있다는 것은 상상도 못

한 일이었다.

역시나 검선의 후인이란 말인가?

그때 한빈이 외쳤다.

"적귀 선배, 집중하십시오!"

"내가 도울 일 있으면 말해 주세요, 공자."

"연주를 부탁드립니다."

"연주라고요?"

"남해천왕 선배와 즐겨 연주하던 곡으로 부탁드립니다."

"그건……."

적귀가 살짝 말끝을 흐렸다.

그 모습에 한빈이 말했다.

"저는 괜찮습니다."

한빈이 말을 마쳤을 때였다.

광풍이 주변에 몰아쳤다.

휘잉!

남해천왕의 거도가 한빈의 상반신을 휩쓸고 지나갔다.

하지만 한빈은 아무렇지 않게 자리를 벗어났다.

물론 여유가 있는 상황은 아니었다.

지금 가장 중요한 것은 남해천왕의 목을 베는 것이 아니었다.

지금 상태로 남해천왕의 목을 벤다면 그야말로 역적이 된다.

그렇게 되면 관무불가침이란 말도 깨진다.

아마도 남해천왕에게 고독을 심은 자들이 원하는 것이, 나라가 무림에 개입하는 일일 것이다.

한빈은 그 장단에 맞춰 놀아 주기는 싫었다.

그들의 계획은 여기에서 싹둑 잘라야 했다.

지금 남해천왕의 머릿속에 있는 고독은 혈고가 아닌 뇌령고가 분명했다.

이 부분에서 한빈은 당황했다.

전에 봤던 고독과 다른 종류라는 것은, 남해천왕을 중독시킨 이가 백경이 아닐 가능성이 있다는 말이었다.

고독은 종류에 따라서 보관 방법이 다르다.

혈고만으로도 상대를 제압할 수 있는데 다른 고독을 썼다고?

자신이라도 그런 수고를 하지 않을 것이다.

물론 가장 큰 문제는 남해천왕을 치료하는 것.

남해천왕의 치료를 위해서는 적귀의 도움이 필요했다.

적귀의 음공으로 남해천왕이 이성을 조금이라도 찾아야 했다.

"어서 부탁드립니다."

"흠, 공자가 견디지 못할 텐데요."

"다시 말하지만, 저는 상관없습니다."

한빈이 다시 몸을 돌리며 말했다.

순간 남해천황의 기운이 한빈을 덮쳤다.

성문이 내려오듯 거대한 검은 기운이 바닥에 깔렸다.

쾅!

물론 한빈은 그 자리에 없었다.

남해천왕과 적귀의 사이에서 무애향로를 들고 있었다.

아직도 망설이는 적귀를 본 한빈이 눈짓했다.

순간 적귀의 손가락이 현에 닿았다.

디리링.

신비로운 가락과 함께 찰랑거리는 적귀의 붉은 머리!

순간 동창과 대치하고 있던 설화가 모두에게 신호를 보냈다.

동시에 그들은 재빨리 귀에 천을 쑤셔 넣었다.

그러고는 그곳을 벗어났다.

디리링.

칠현금에서 번져 나오는 붉은 기운.

저것이 검이라면 보통은 이렇게 경지를 표현한다.

검강(劍强)!

지금은 현으로 가느다란 유형의 기운을 만들어 냈으니 현강(絃强)이라고 해야 할 것이었다.

더욱 두려운 것은 그 기운이 붉은색이라는 점이었다.

한빈은 재빨리 초식을 떠올렸다.

'우이독경!'

동창의 수장은 음공의 무서움을 아는지 어깨를 떨었다.

다른 동창의 무사들은 당황한 표정으로 뒤로 물러났다.

하지만 그중 몇은 칠현금이 내는 음공의 간격을 벗어나지 못했다.

털썩.

몇몇이 귀를 움켜잡고 바닥을 뒹굴었다.

그 모습에 설화와 청화가 달려 나갔다.

설화는 널브러진 병사의 허리를 잡았다.

청화도 병사 하나를 잡더니 범위 밖으로 던졌다.

이제 범위 안에 남은 것은 적귀와 남해천왕 그리고 한빈밖에 없었다.

마치 시간이 멈춘 것처럼 그들은 서 있었다.

정확히 말해 한빈은 미세하게 움직이고 있었다.

천천히 남해천왕을 향해 다가가는 한빈.

그리고 보일 듯 말 듯 현을 튕기는 적귀.

멍하니 먼 산을 바라보고 있는 남해천왕.

동창 무사들의 눈에는 이 셋의 모습이 신비로워 보였다.

물론 한빈은 그 어느 때보다 집중하고 있었다.

이번 한 수로 무림과 황실의 앞날이 결정 날 수도 있었기 때문이다.

한빈은 눈을 가늘게 뜨고 남해천왕의 혈맥에 집중했다.

관자놀이 부근에서 꿈틀거리던 고독이 아래쪽으로 밀려

났다.

이것이 한빈의 첫 번째 계획이었다.

원래 고독의 대부분은 본능적으로 구석에 숨는다.

삼황초는 구석에 숨는 혈고를 유인하는 역할을 한다.

물론 지금 남해천왕을 중독시킨 놈은 삼황초의 힘으로 유인하기엔 부족했다.

그런 이유로 남해천왕이 적귀의 음률에 반응해야 했다.

딩, 디링.

서서히 움직이는 고독.

한빈은 마른침을 삼켰다.

지금 한빈이 조금이라도 움직인다면 고독은 다시 남해천왕의 머릿속 깊이 숨을 것이다.

그렇게 한번 숨은 고독을 빼내는 것은 더욱 힘들어진다.

고독이 모습을 드러냈을 때 바로 처리해야 했다.

그때 고독에 의해 남해천왕의 볼살이 꿈틀댔다.

이지를 찾은 남해천왕이 진기를 움직이자 고독이 반응한 것이다.

한빈은 조용히 반박귀진을 펼쳤다.

이제 입술 사이로 정체를 드러내면 바로 만월을 뻗어야 했다.

지켜보던 한빈의 눈이 커졌다.

꿈틀대던 고독이 입을 지나 목덜미로 내려왔기 때문이었다.

이건 상상도 하지 못한 상황이었다.

보이지 않는 벌레가 이렇게 영특하다니?

한빈은 이해가 되지 않았다.

마치 누군가 벌레를 조종하고 있다는 생각마저 들었다.

그때였다.

목덜미로 내려왔던 고독이 계속 아래로 내려갔다.

이제는 가슴팍이 꿈틀대고 있다.

순간 남해천황의 거도가 움직였다.

거도를 바닥에 박은 남해천왕이 손에 힘을 주었다.

순간 도신이 파르르 떨렸다.

누가 봐도 자신의 도를 부러뜨리려고 하는 모습이었다.

탕!

아니나 다를까.

남해천왕의 도신이 두 동강 났다.

반 토막 난 거도를 든 남해천왕이 한빈을 바라봤다.

"미안하네."

말을 마친 남해천왕의 눈이 검게 변했다.

남해천왕이 다시 고독의 영향을 받고 있는 것이다.

그는 더는 미안한 표정을 짓지 않았다.

아마도 남해천왕은 마지막 의지로 자신의 거도를 부러뜨린 것이 분명했다.

순간 뒤쪽에서 칠현금을 연주하던 적귀의 손이 멈췄다.

적귀의 손이 멈추자마자 남해천황이 움직였다.

다시 고독의 영향을 받기 시작한 듯 보였다.

그때였다.

한빈이 적귀를 바라봤다.

"적귀 선배, 연주를 멈추지 마십시오. 아니 조금 더 공력을 높여 주십시오!"

물론 한빈이 지금의 연주를 들을 수는 없었다.

손이 멈춘 것을 보고 외쳤을 뿐이었다.

적귀가 결심한 듯 입술을 깨물더니 연주를 이어 나갔다.

이전보다 적귀의 손은 느려졌다.

한빈은 지금이 적귀가 낼 수 있는 극성의 음공이라고 확신했다.

그 증거로 그녀의 음률에 한빈의 소맷자락이 펄럭이고 있었으니까.

그때 그 장면을 보고 있던 동창의 무사들이 뒤로 주춤주춤 물러났다.

귀를 막은 상태에서도 지금의 연주는 견딜 수 없었기 때문이다.

그들은 뒤로 물러나며 자신도 모르게 입을 벌렸다.

"대체 저 사람은……."

그들이 놀라는 이유는 묵묵히 서 있는 한빈 때문이었다.

지금의 연주는 오십 걸음도 넘게 떨어진 그들의 살갗을 파고들었다.

그때 누군가 큰 소리로 외쳤다.

"우리 공자님이에요!"

"공자님이라니?"

"우리 공자님이라고요. 우리 공자님이 당신들을 위해서 희생하고 있는 거라고요."

목소리를 낸 이는 설화였다.

설화는 지금 상황을 동창의 무사들에게 다시 한번 일깨워 주고 있었다.

이것은 한빈의 철저한 교육 때문이었다.

밥 한술을 떠 주더라도 티를 내라는 것이 한빈의 기본 생각이었다.

어떤 일을 하든 조용히 하면 알아주는 사람이 아무도 없다고 항상 말하곤 했다.

그래서 설화는 지금 동창의 무사들에게 저곳에서 홀로 버티고 있는 한빈의 위대함에 대해서 있는 힘껏 들리도록 떠들고 있는 것이었다.

옆에 있던 청화도 목소리를 높였다.

"저희를 위해서 공자님은 청각을 포기하셨어요!"

그 말에 동창의 무사들이 눈을 크게 떴다.

오십 걸음 밖에서 귀를 막고 있는 자신들도 이렇게 괴로운데, 중간에서 직접 음공을 받아 내고 있는 자는 과연 어떠

할까?

이것이 그들의 공통된 생각이었다.

순간 동창 무사들의 눈빛이 바뀌었다.

이제는 적귀와 남해천왕의 가운데 있는 한빈의 상황을 정확하게 인식할 수밖에 없었다.

한빈의 행동이 적귀와 남해천왕을 해치려는 것이 아닌, 돕기 위함이라고 확신하게 된 것.

동창의 수장이 검을 움켜쥐었다.

그 모습에 설화가 그의 소매를 잡았다.

소맷자락을 잡힌 동창의 수장이 눈매를 좁히자, 설화가 고개를 가로저었다.

"가 봤자 도움이 안 될 거예요. 아까도 제가 구해 드렸잖아요."

"허, 그러고 보니……."

동창의 무사는 검집을 꽉 쥐었다.

검집을 쥔 오른손만큼 그는 이를 악물었다.

그 무사만이 아니었다.

다른 동창의 무사들도 광경을 바라보며 마른침을 삼키고 있었다.

"대체 누구길래……."

그들은 다들 비슷한 의문을 가지고 있었다.

전에는 남해천왕에게만 집중했던 동창의 무사들은 모두

한빈만 바라보고 있었다.

동창의 무사가 혼잣말을 뱉었다.

"왕야를 무사히 도와주시길……."

물론 그의 말을 들을 수 있는 자는 없었다.

귀를 막고 있는 데다가 그의 목소리가 너무 작았기 때문이었다.

한빈은 주위의 시선에 신경 쓸 겨를이 없었다.

다시 남해천왕의 눈빛이 정상으로 돌아왔기 때문이었다.

정신을 회복한 남해천왕은 진기로 고독을 몰아냈다.

다시 가슴에서 목덜미로 꿈틀거리는 기운이 이동했다.

순간 한빈이 검을 뻗었다.

'전광석화.'

'일촉즉발.'

곧게 뻗은 한빈의 단검 만월!

한빈은 추가로 용린검법의 초식을 펼쳤다.

'성동격서!'

순간 한빈의 만월이 남해천왕의 목덜미를 스치고 지나갔다.

목덜미에서 촉수가 달린 누에고치가 모습을 드러냈다.

한빈은 재빨리 그 누에고치를 떼어 냈다.

주르륵!

고독의 잔재가 소 힘줄처럼 딸려 나왔다.

밖으로 나오자 무애향로의 영향을 받은 고독이 움직였다.

촤륵!

무애향로를 향해 촉수가 움직였다.

한빈은 재빨리 극양의 기운을 손에 몰았다.

순간 손 위에 불이 피어났다.

화르륵!

순식간에 재가 된 고독을 한빈은 아무렇지 않게 털어 냈다.

그때 적귀가 붉은 머리를 휘날리며 남해천왕을 부축했다.

남해천왕의 목에서는 붉은 피가 흘러내렸다.

적귀의 붉은 머리 때문인지 남해천왕의 상태는 더욱 심각해 보였다.

서서히 흐려지는 남해천왕의 숨소리.

적귀가 외쳤다.

"정신 차려요!"

"……."

남해천왕이 답이 없자, 적귀는 재빨리 상처 부근을 손바닥으로 막았다.

순간 적귀의 어깨를 누군가 지그시 눌렀다.

적귀는 조용히 고개를 돌렸다.

한빈이 천천히 고개를 흔들고 있었다.

마치 포기하라는 듯 말이다.

하지만 그것은 적귀의 착각이었다.

한빈은 적귀의 손을 낚아채고 난 후 남해천왕의 상처를 손수 지혈했다.

물론 그냥 나선 것이 아니었다.

한빈은 숨만 붙어 있다면 상처를 덮을 능력이 있었다.

'기사회생!'

순간 남해천왕의 숨이 돌아왔다.

희미했던 숨소리가 살짝 거칠어졌다.

그것도 잠시, 남해천왕의 입속에서 가래 끓는 소리가 들려왔다.

순간 한빈은 그를 옆으로 눕혔다.

동시에 그의 입에서 검은 피가 흘러나왔다.

왈칵 검은 피를 쏟아 낸 남해천왕이 자리에 앉더니 가부좌를 틀었다.

"고맙네."

짧지만 그 소리가 작지 않았다.

적귀가 놀란 듯 한빈을 바라봤다.

뒤쪽에서 이를 지켜보고 있던 동창의 무사들이 소리 질렀다.

"왕야가 무사하시다!"

"어서 주변을 호위하라!"

그 모습에 설화가 말했다.

"진정하세요. 그걸 우리는 뒷북이라고 하죠."

"흠."

동창 무사의 수장이 헛기침했다.

그것도 잠시, 누군가가 검집을 들어 올렸다.

그와 동시에 다른 동창 무사들도 검집을 들었다.

수장이 검집을 든 채 포권지례를 올렸다.

뒤에 있던 동창 무사들도 똑같이 깊숙이 포권했다.

수장이 내공을 실어 외쳤다.

"동창은 그대의 은혜를 잊지 않겠소!"

"하늘이 두 쪽 나도!"

뒤쪽에 있는 무사들이 외쳤다.

그 후 그들은 뜨거운 눈빛으로 한빈을 바라봤다.

물론 한빈은 그들의 함성을 듣지 못했다.

우이독경의 효과가 남아 있었기 때문이다.

한빈은 묵묵히 허공을 바라볼 뿐이었다.

사실 이제부터가 중요했다.

❦

사태가 진정된 이후, 한빈은 다시 남해천왕과 마주하고 있었다.

남해천왕이 하늘을 한 번 올려다봤다.

"내게 이런 일이 생길 것이라고는 상상도 못 했네."

"그래도 다행입니다."

"자네는 어떻게 알았나?"

"무림에서도 비슷한 일이 있었습니다."

"대체 어떤 자가 그런 극악무도한 짓을……."

"무림에서 손을 댄 자와 왕야께 손을 댄 자가 같다는 보장은 없습니다."

"흠."

"사실 이번에는 운이 좋았습니다. 적귀 선배의 연주가 아니라면 고독을 제거하지 못했을 테니까요."

한빈의 말에 남해천왕이 묘한 눈으로 한빈을 바라봤다.

순간 적귀도 비슷한 표정으로 한빈을 보았다.

한빈은 그들의 모습이 이해 안 된다는 듯 물었다.

"왜 그러시는지요?"

"그 연주를 어떻게 들었나?"

"연주라……."

"그 연주를 들을 수 있는 사람은 세상에 우리 둘밖에 없는 줄 알았네."

남해천왕의 목소리가 살짝 떨렸다.

그의 뒤를 이어 적귀도 말했다.

"우리의 음률을 알아주다니, 공자는 진정한 친구예요."

"감사합니다."

한빈이 그녀를 향해 고개 숙였다.

사실 한빈은 그들의 음을 조금도 듣지 않았다.

그러니 그들의 음률을 알 수도 없었다.

하지만 아니라고 할 수도 없는 일이었다.

친분을 다져 놨으니 이제는 본론으로 들어가야 했다.

한빈이 남해천왕을 바라봤다.

"계획은 누가 세운 겁니까?"

"계획이라니, 그게 무슨 말인가?"

"무림과 황실의 인사를 동시에 말살하겠다는 계획 말입니다."

"내 계획이었네."

"아닙니다. 고독의 영향이 분명합니다. 저는 왕야의 책사가 누구냐 하는 것을 묻는 겁니다."

한빈은 이번만큼은 왕야라는 호칭을 썼다.

무림인이 아닌 황실의 일원인 그에게 묻는 것이었다.

남해천왕이 눈을 감고 잠시 생각에 잠겼을 때, 적귀가 대신 말했다.

"조 환관이에요."

"조 환관이요?"

"이곳 섬서의 책임자죠. 이곳의 관리자이기도 하고요."

"그는 어디 있습니까?"

"불광사에 있어요."

"불광사라고요?"

"그곳에서 무사들을 관리하고 있습니다."

"혹시 말입니다."

"말해 보세요."

"조 환관의 팔뚝에 검은색 문양이 있습니까?"

"맞아요. 어떻게 아셨어요?"

"그게 동창의 표식입니까?"

"······."

이번에는 적귀가 답하지 않았다.

마치 말을 아끼는 모습이었다.

그때 남해천왕이 눈을 떴다.

"아니네. 그들은 내가 거둔 자들이네. 해적을 소탕할 때 나와 함께 바다를 누볐던 친구들일세. 말하자면 내 측근이라는 표식이지."

"흠, 그럼 왕야의 사병이군요."

"나는 검선의 뜻을 받들기 위해서라도 그 조직을 유지할 수밖에 없었다네."

"그럼 조 환관은 믿을 만한 사람이라는 거죠?"

"내 목숨을 걸고 말할 수 있네."

"제발 목숨을 함부로 걸지 마십시오."

"그게 무슨 말인가?"

"누군가의 지시로 왕야를 자극하기 위해 고독 사건을 벌인 게 분명합니다. 아마도 이 일을 꾸민 자는 가장 측근에 있는 자 중 한 명일 겁니다. 예를 들어……."

한빈은 적귀를 바라봤다.

순간 적귀가 눈을 크게 떴다.

"나는 절대……."

"네, 알고 있습니다. 적귀 선배가 배신자라면 절대 연주를 안 했겠죠. 중요한 것은 배신자를 찾아내는 일이 아닐지도 모릅니다."

"자네의 생각을 말해 보게."

"불광사에 있는 황실의 종친이 위험합니다."

뿌리

한빈의 말에 남해천왕이 눈썹을 꿈틀댔다.

황칠의 종친이 위험하다는 말은 많은 것을 내포하고 있었다.

그가 강호에 모습을 드러내지 않는 것은 단 한 가지 이유였다.

바로 황실과 백성의 평안을 위해서였다.

얼굴을 드러내 놓고 할 수 있는 일보다는 음지에서 할 수 있는 일이 많았다.

눈썹을 꿈틀대던 남해천왕이 입을 열었다.

"하지만!"

"……."

한빈은 조용히 그의 눈을 바라봤다.

그의 눈빛은 흡사 맹수와도 같았다.

과연 그는 무슨 말을 하고 싶은 걸까?

한빈은 조심스럽게 말했다.

"제 말이 못 미더우신지요? 왕야를 구한 것도 접니다."

"그게 아니네. 내가 당할 정도였다면 자네도 비슷하지 않겠나? 이 상황에서 누굴 믿어야 할지 모르겠네. 내 어설픈 행동에 백성과 황실의 인물이 다칠 수도 있는 일이 아닌가?"

맹수 같았던 그의 눈빛이 사그라졌다.

한빈은 그의 심정이 충분히 이해되었다.

전생에 배신당했을 때 누굴 믿어야 할지 몰랐으니까!

지금 남해천왕의 입장이라면 아군마저도 의심할 수밖에 없을 것이다.

그때였다.

멀리서 웃음소리가 들려왔다.

"허허."

갑작스러운 웃음소리에 한빈은 고개를 돌렸다.

한빈뿐 아니라 모두가 웃음소리가 나는 곳으로 시선을 돌렸다.

그곳에서는 머리가 희끗희끗한 노인이 천천히 걸어오고 있었다.

머리에 쓴 두건은 그가 학자라는 것을 말해 주는 것 같았다.

학자 차림새의 노인은 모두의 시선에 아랑곳하지 않고 천천히 걸어왔다.

동창이 남해천왕의 스무 걸음 밖에서 호위하고 있었지만, 노인을 막지 못했다.

정확히는 막지 않은 것이다.

노인이 풍기는 것은 기세가 아니라 기품이었다.

이제까지 한빈과 남해천왕의 싸움에서 맹수의 이빨을 봤다면, 노인은 한 줄기의 대나무와 같은 고고함을 풍기고 있었다.

그는 동창의 무사 중 누구도 보지 않았다.

은은한 미소를 풍기며 조용히 한빈을 바라볼 뿐이었다.

노인이 천천히 걸어오자 한빈이 그를 향해 포권했다.

"파죽 선생님을 뵙니다. 그동안 별고 없으셨는지요?"

한빈의 말에 남해천왕과 적귀의 눈이 커졌다.

동창의 무사들도 노인을 보며 수군대기 시작했다.

"파죽 선생이라면……."

"그래, 황제 폐하의 스승이자 당대 제일의 학자이신 공손수 선생이 아닌가?"

"그래, 파죽이란 이름을 쓸 자는 그분밖에 없지."

동창의 무사들은 눈도 깜빡이지 않고 노인을 바라봤다.

한빈의 말대로 그는 파죽 공손수였다.

당대 제일의 학자이자 황제의 스승.

물론 한빈만 아는 그의 비밀이 하나 있긴 했다.

그것은 그가 공공문의 문주라는 것이었다.

하지만 동창의 무사들이 보기에 공손수는 대쪽 같은 학자였다.

오죽하면 부러진 대나무란 뜻의 파죽(破竹)이란 별호를 쓰겠는가?

부러질지언정 굽히지 않는 그의 성품 때문이었다.

그런 면에서, 그는 문관과 무관 할 것 없이 관리들의 존경을 한 몸에 받고 있는 자였다.

한빈도 그의 등장에 놀라기는 마찬가지였다.

장운현에서 그와 손자 공손명후를 구하면서 그들과 인연을 맺었었다.

가끔 서신으로 그들과 교류하긴 했지만, 얼굴을 보는 것은 오랜만이었다.

한빈의 인사에 파죽 공손수가 희미하게 미소 지었다.

"허허. 나야 자네 덕분에 잘 지냈네. 역시나 내 예상대로 여기에 있었군."

"혹시 저를 찾으셨습니까?"

한빈이 고개를 갸웃하자 공손수가 허허로운 미소로 답했다.

"그렇다네. 자네를 한참 동안 찾았지. 그러고 보니 내가 찾던 인물이 여기에 다 모여 있군."

공손수는 조용히 남해천왕을 바라봤다.

순간 남해천왕이 공손수를 향해 포권했다.

"인사드립니다. 저는……."

"소개할 것 없소, 왕야. 평소 왕야의 성품을 흠모하고 있었
소이다."

"그런데 방금 말씀으로 보아, 파죽 선생께서 저를 찾으셨
다고 이해했습니다."

남해천왕이 미소를 띠며 바라보자 공손수가 답했다.

"그렇소이다. 팽 공자와 왕야를 찾게 된 것은 두 가지 용건
때문이오."

"두 가지 용건이라니요?"

"그 첫째는 밀서 하나를 발견했기 때문이오."

"밀서라면……."

"일단 보시오."

공손수가 서찰 하나를 내밀었다.

서찰을 받은 남해천왕이 재빨리 내용을 살폈다.

내용을 본 남해천왕은 눈을 크게 떴다.

조금만 더 크게 뜨면 눈이 튀어나올 듯 보였다.

밀서에는 다름 아닌 남해천왕이 당했던 수법에 대해서 쓰
여 있었다.

더 놀라운 것은 그 뒤의 계획이었다.

밀서에 따르면 연등회의 마지막 날 불광사를 통째로 날리

기로 했다고 적혀 있었다.

공손수가 물었다.

"왕야의 정신이 되돌아오지 않았다면 어떻게 하나 걱정했는데, 다행이군요. 그런데 이해가 안 되는 건 이 부분입니다. 어떻게 불광사를 통째로 날린다는 말이오? 아무리 생각해도 이 부분은 암어 같더이다."

"암어가 아니라 실제로도 가능합니다."

남해천왕이 씁쓸한 미소를 보였다.

그 미소에 공손수가 물었다.

"진짜 그게 가능하단 말이오?"

"네, 그렇습니다. 그런데 이 밀서는 어떻게 얻으셨습니까?"

남해천왕이 공손수를 바라봤다.

밀서에 대한 진위를 의심하는 것은 아니었다.

밀서의 내용에는 티끌만큼의 거짓도 없었다.

다만 중원제일의 학자인 공손수가 이 서찰을 어떻게 얻었냐는 점이 궁금했다.

책만 보는 학자가 이런 기밀문서를 입수할 확률은 조금도 없었다.

물론 그 점에 대해서 가장 잘 알고 있는 사람은 한빈이었다.

한빈은 공손수의 또 다른 얼굴을 알고 있었으니 말이다.

아마도 훔쳤다고 솔직하게 얘기하지는 못할 것이었다.

모두가 고개를 갸웃하고 있을 때, 공손수가 희미한 미소와 함께 입을 뗐다.

"중원에 내 제자가 없는 곳은 없소이다."

어찌 보면 과한 자신감이지만, 이를 부정할 수 있는 사람은 아무도 없었다.

공손수의 등장에 남해천왕의 표정이 다급해졌다.

밀서에 적힌 내용을 보면 황실과 무림이 위험했다.

남해천왕이 자리에서 일어났다.

"모두 나를 따르라!"

다급한 남해천왕의 외침에 한빈이 손을 저었다.

"잠시만 기다리시죠, 왕야."

"왜 그러는가?"

"사람을 구하고 싶으신 겁니까? 아니면 황실과 무림을 구하고 싶으신 겁니까?"

"……."

남해천왕이 미간을 좁혔다.

한빈이 무슨 말을 하는지 이해가 되지 않았기 때문이었다.

옆에 있는 적귀도 마찬가지로 고개를 갸웃했다.

그때 공손수가 남해천왕을 바라보며 입을 열었다.

"무슨 말인지 모르시겠습니까?"

"사람을 구하는 것이 황실과 무림을 구하는 것이 아니겠습니까? 이런 뜬구름 잡는 이야기를 하는 것보다 불광사로 가 봐야겠습니다."

남해천왕이 저 멀리 보이는 불광사를 가리키자, 공손수가 말을 이었다.

"이번에 직접 나서서 사람을 구한다면, 이와 비슷한 일이 나중에 또 벌어질 것이외다."

"그게 무슨 말씀입니까? 파죽 선생."

"이번 일을 계기로 뿌리를 뽑아야 하지 않겠습니까? 그것 이야말로 황실과 백성을 위하는 일이지요."

"대체 그게 무슨……."

"나는 팽 공자의 의견에 찬성하오."

"제가 어찌해야 하겠습니까? 선생."

남해천왕의 눈빛이 깊어지자 공손수가 고개를 돌렸다.

"팽 공자의 의견을 듣고 싶군."

"지금 우리 수중에는 낚싯대와 미끼가 다 있습니다. 굳이 낚시터를 떠날 필요가 있겠습니까?"

한빈이 낚시하는 시늉을 하자 공손수가 고개를 기울였다.

"그래서 첫 번째 계획은?"

"바로 이겁니다!"

말을 마친 한빈은 손가락을 튕겼다.

딱!

순간 멀리 있던 동창의 무사들이 하나둘 쓰러졌다.

털썩.

태풍에 꺾인 수수깡처럼 일렬로 쓰러지는 동창의 무사들.

그들을 본 남해천왕이 놀라 외쳤다.

"무슨 짓인가?"

"이게 제 첫 번째 계획입니다."

한빈은 쓰러진 동창의 무사들을 가리켰다.

그들의 끝에는 설화와 청화가 있었다.

아무리 고수라도 동창의 고수들을 이렇게 무력화시킬 수는 없었다.

이 때문에 지금의 수법은 남해천왕도 알 수 없었다.

물론 당하는 처지에서도 멍할 뿐이었다.

사실 지금의 수법은 청화가 있기에 가능했다.

설화와 청화는 구걸십팔보를 펼치며 동창 무사의 사이를 누볐다.

청화가 미세한 독으로 상대를 마비시킨 것이 첫 번째고, 마무리로 설화가 뒤쪽에서 점혈한 것이다.

이렇게 미세하게 독을 다룰 수 있다는 것은 청화의 공독지체가 완성되었다는 말이기도 했다.

그런 이유로 한빈은 미소를 지을 수밖에 없었다.

반대로 그 미소를 본 남해천왕은 눈썹을 꿈틀댔다.

그때 한빈이 다시 말을 이었다.

"왕야가 고독에 중독된 것은 최측근의 짓입니다."

"흠."

"지금 여기에 있는 동창의 고수들같이 말이죠."

"그렇다고 모두를 제압할 필요는 없지 않은가?."

"그들 중 간자는 계획이 끝난 후에 밝혀도 늦지 않습니다. 제일 중요한 것은 이번 계획이 새어 나가지 않아야 한다는 것이죠. 일단 그들을……."

한빈은 자신의 계획을 늘어놓았다.

그 계획은 아주 간단했다.

일단 그들은 왕부의 옥에 가두고, 몰래 불광사로 잠입해서 황실의 종친과 무림인을 해하려는 간자를 잡자는 것이었다.

이 계획을 위해서는 비밀을 지키는 것이 중요했다.

남해천왕도 고개를 끄덕였다.

당장 가서 재앙을 막는 것보다는 바로 직전에 배신자를 솎아 내는 것이 앞날을 위해서 상책이라는 한빈의 뜻에 동의했다.

조금 전까지 넋을 놓고 있다가 당한 동창의 고수들은 힘없이 옥으로 끌려갔다.

이제는 한빈 일행만 자리를 지키고 있는 상황이었다.

한빈이 공손수를 바라봤다.

"그런데 저를 찾으신 두 번째 이유는 무엇입니까?"

"그건 바로 이걸 전해 주기 위함이네."

공손수는 한빈에게 서찰 하나를 더 건넸다.

그러면서 은밀한 신호를 잊지 않았다.

혼자만 보라는 뜻이었다.

한빈은 조용히 서찰을 펴 봤다.

서찰은 지도였다.

흔히 보물을 숨겨 두었다고 하는 장보도와 같았다.

지도가 가리키는 것은 다름 아닌 북해.

어차피 조만간 가야 할 북해가 아니던가?

문제는 장보도가 반쪽짜리라는 점이었다.

이런 장보도로는 보물은커녕 길도 찾아갈 수 없었다.

한빈은 힐끔 공손수를 바라봤다.

공손수가 다시 손짓했다.

나머지 반쪽은 알아서 찾으라는 뜻이었다.

그때였다.

한빈은 뒤쪽에서 기척을 느끼고 고개를 돌렸다.

그곳에서는 남해천왕이 웃고 있었다.

아무래도 한빈이 보고 있던 장보도를 본 것 같았다.

남해천왕이 진지한 얼굴로 말했다.

"그 반쪽이 필요하지 않은가?"

"반쪽이라니요?"

"아무래도 그 반쪽을 내가 가지고 있는 것 같군."

"왕야께서……."

"이 일이 무사히 끝난다면 그 장보도의 반쪽을 주겠네. 하지만 무조건 이 일이 무사히 끝나야 하네."

"그 조건이 없다고 해도 이 일은 완벽하게 마무리할 겁니다."

한빈이 웃었다.

그 뒤 아무 일도 없다는 듯 술자리가 열렸다.

모든 것은 한빈의 계획대로였다.

연등회의 마지막 날, 즉 적들이 불광사를 날리기로 한 날은 아직 사흘이 남았다.

그동안은 아무 일 없다는 듯 행동하기로 한 것이다.

덕분에 술잔을 주고받으며 그들은 인사를 나눌 시간을 가졌다.

술잔과 함께 통성명이 끝나자, 모두는 서로를 바라보며 고개를 갸웃했다.

아무리 생각해도 이렇게 한자리에 모일 인연들이 아니었기 때문이다.

공손수는 주변 인물들을 바라봤다.

남해천왕과 적귀 그리고 사파의 군사.

그것도 모자라 정파의 인물들.

마치 아무 공통점이 없는 인물들을 일부러 섞어 놓은 듯 낯설었다.

공손수는 마지막에 한빈을 바라봤다.

조금의 인연이 없는 인물들이 한빈을 중심으로 모였다.

그것은 무림의 모든 일이 단 한 명을 중심으로 일어나고 있다는 뜻이기도 했다.

공손수가 미묘한 표정을 짓고 있을 때였다.

남해천왕이 말했다.

"이제 처소로 안내하겠습니다, 선생."

"아닙니다. 잠시 귀 좀……."

공손수가 남해천왕에게 은밀히 속삭였다.

순간 남해천왕은 자신도 모르게 고개를 끄덕였다.

잠시 후.

남해천왕의 처소 앞.

그 앞에는 술상이 차려져 있었다.

아무 일도 없다는 것을 보여 주기 위해서 공손수가 연기를 하자고 제안한 것이다.

남해천왕은 조용히 주변을 둘러봤다.

지금 그들은 남해천왕의 처소 앞에서 술잔을 들고 있었다.

남해천왕은 미간을 좁혔다.

이 모든 게 며칠 뒤에 있을 연등회 마지막을 위한 미끼라고는 하지만, 그들의 행동이 아쉬웠다.

지금 모습만 보면 마치 걸신이라도 들린 것처럼 술과 음식을 들이켜고 있었다.

이것은 연기가 아니었다.

거기에 무슨 좋은 일이라도 있는 것처럼 희희낙락거리고 있었다.

특히 설화와 청화라는 두 소녀의 목소리가 가장 컸다.

그때 다시 공손수가 잔을 들었다.

"무슨 걱정이 그리 많으시오? 왕야."

"아무 걱정이 없으신 것 같은 선생이 놀랍습니다."

남해천왕이 농담처럼 받아쳤다.

물론 농담이 아니었다.

대학자인 공손수마저 이렇게 술을 들이켤 줄은 몰랐다.

얼마나 지났을까?

달이 중천에 떴을 때였다.

술에 취한 사람들이 탁자를 베개 삼아 하나둘씩 쓰러졌다.

남해천왕이 못마땅한 듯 눈썹을 꿈틀댔다.

"팽 공자마저 쓰러졌습니다, 선생."

"이제 시간이 다 됐다는 뜻 같소이다."

"시간이 다 됐다니, 그게 무슨 말입니까?"

남해천왕이 눈매를 좁힐 때였다.

누군가 그들의 곁으로 달려왔다.

걸음걸이가 은밀한 것이 분명히 무림인이었다.

기척을 숨기지 않았는데도 조금의 소리도 들리지 않았다.

누가 봐도 경공의 고수가 분명했다.

달려오는 고수를 본 남해천왕이 탁자에 기대 놓은 거도를 잡았다.

그러고는 자리에서 재빨리 일어나 다가오는 신형을 향해 거도를 겨누었다.

순간 공손수가 남해천왕의 소매를 잡았다.

"잠시만 기다리지요."

"일단은 제 뒤로……."

"나를 찾아온 아이외다."

공손수의 말에 남해천왕은 다가오는 무인의 모습을 자세히 살폈다.

그는 공손수와 같은 복장을 하고 있었다.

그는 남해천왕의 앞에 오더니 포권했다.

"왕야를 뵙습니다."

"자네는 누군가?"

"저는 공손명후라고 합니다."

소개를 마친 공손명후가 재빨리 공손수를 바라봤다.

시선을 마주친 공손수가 진지한 표정으로 물었다.

"어찌 되었느냐?"

"드디어 표적이 움직이기 시작했습니다."

"오호."

탄성을 흘린 공손수가 남해천왕을 바라봤다.

갑작스러운 대화에 남해천왕이 눈을 크게 떴다.

"어찌 된 일입니까? 선생."

"왕야를 속인 것은 죄송하오. 모든 것이 계략입니다."

"계략이라니, 그게 무슨 말씀입니까?"

"배신자를 속아 내기 위한 함정이오. 사실 왕부에 있는 옥은 무인을 가두기에는 조금 약하지 않소?"

공손수가 희미하게 웃었다.

남해천왕은 그제야 공손수가 무엇을 말하는지 알아챘다.

동창의 무사들을 감옥에 가둔 것은 배신자가 탈출하리라는 것을 예상했기 때문이라는 것이다.

남해천왕이 물었다.

"진짜 탈출한 자가 있습니까?"

"말씀드려도 된다."

공손수가 자신의 손자인 공손명후를 바라봤다.

시선을 받은 공손명후가 답했다.

"옥을 탈출해 담을 넘은 자는 단 한 명입니다."

"하나라……."

"그런데 문제가 생겼습니다. 제 불찰로 그만 그를 놓쳤습니다."

"그런데 어찌 그런 표정을 짓고 있느냐?"

"저는 그자를 놓쳤지만, 팽 공자가 보낸 이가 그를 쫓고 있습니다."

"팽 공자라……."

"백색 무복을 입은 듯 보였습니다. 아마도 팽 공자를 모시는 아이 중 하나인 듯싶습니다."

순간 공손수가 미간을 좁히며 고개를 돌렸다.

한빈의 시녀인 설화와 청화는 모두 이곳에 있었다.

공손수가 당황한 표정으로 말했다.

"팽 공자 일행은 모두 여기에 있다."

"네?"

놀란 공손명후가 눈을 크게 떴다.

순간 옆에서 대화를 듣던 남해천왕이 깊은 눈빛으로 적귀를 바라봤다.

적귀도 조용히 고개를 저었다.

남해천왕은 입술을 잘근 깨물었다.

그때였다.

뒤쪽에서 목소리가 들려왔다.

"첫 번째 계획이 성공한 것 같습니다, 왕야!"

고개를 돌려 보니 한빈이 웃고 있었다.

한빈뿐만 아니었다.

한빈의 시녀와 악비광 그리고 마원도 눈을 멀쩡하게 뜨고 서 있었다.

그리고 사도련의 마휘까지 당당하게 서 있었다.

해랑과 수하 몇몇은 술에 취해 널브러진 그대로 있었다.

그들을 제외하고는 아무도 술에 취한 기색이 아니었다.

그때 공손명후가 한빈을 향해 포권했다.

"팽 공자님, 미리 말씀 못 드려서 죄송합니다. 모두가…….."

"설명할 필요 없습니다. 저도 대충은 알고 있었습니다."

"알고 계셨습니까?"

"이래 봬도 눈치만은 화경의 경지에 들었습니다."

한빈이 웃자 공손명후가 말했다.

"죄송합니다. 일단 불광사로 가서 그자를 찾아봐야 할 것 같습니다."

"그리 서두를 필요 없습니다."

"서두를 필요가 없다니요? 혹시 백색 무복의 신형이 공자님이 보낸 사람이 맞습니까?"

"제가 보낸 것은 맞지만, 사람은 아닙니다."

"사람이 아니라면……."

"그건 비밀입니다."

한빈이 어깨를 으쓱했다.

말을 마친 한빈은 마치 몸을 풀듯이 몸을 좌우로 틀었다.

한빈이 말한 것은 전부 사실이었다.

탈출한 배신자를 쫓고 있는 것은 백호였으니 말이다.

인간과 소통할 수 있는 영물인 백호가 추격을 실수할 리 없었다.

잠시 후.

달빛을 받은 그림자가 숲길을 누비고 있었다.

가장 앞선 이는 붉은 무복을 입은 한빈이었다.

한빈의 바로 옆에 있던 남해천왕이 물었다.

"이 길이 맞는가?"

"네, 맞습니다. 제 친구가 이곳에 표시를 남겨 두었습니다."

한빈이 나무 밑동을 가리켰다.

그곳에는 한빈의 말대로 흔적이 남아 있었다.

아래쪽에 남아 있기에 남들은 발견하기 힘든 표식이었다.

남해천왕이 말했다.

"그 친구가 조법을 쓰는 모양이군."

"네, 맞습니다. 조법의 고수지요."

한빈이 웃었다.

백호가 내세울 수 있는 무기라고는 이빨과 발톱이니, 조법 (爪法)의 고수가 맞았다.

그렇게 조용히 흔적을 쫓던 중, 흔적이 사라졌다.

그도 그럴 것이, 주변에는 나무가 없었다.

갑자기 허허벌판이 나온 것이다.

나무가 한 그루도 안 보이는 공터의 끝엔 절벽이 있었다.

절벽을 바라보던 한빈이 어딘가를 가리켰다.

한빈이 가리킨 곳은 절벽의 구석이었다.

절벽의 구석으로 간 한빈은 그 아래쪽을 살폈다.

그곳에는 백호가 남긴 흔적이 있었다.

누가 봐도 백호의 발톱 모양이었다.

옆에 있던 남해천왕이 탄성을 질렀다.

"대단하군, 대단해!"

백호가 남긴 흔적을 보고 감탄하는 것이다.

"제법이지요?"

"확실히 믿을 만한 자를 붙였군."

"네, 믿을 수 있는 친구입니다."

말을 마친 한빈은 주변을 둘러보다가 다시 백호의 흔적을 발견했다.

그 흔적은 발톱 자국이 아닌 발자국이었다.

발자국의 흔적은 아래로 이어졌다.

한빈은 조용히 절벽을 살폈다.

자세히 보니 절벽에는 묘한 문양들이 남아 있었다.

이곳을 열려면 문양을 해석하라는 듯 말이다.

남해천왕을 바라봤다.

"이곳에 통로가 있습니까?"

"없네. 이곳은 모두 내 소유이네. 내가 허락하지 않은 통로는 있을 수 없네."

"그럼 있겠군요."

"그게 무슨 말인가?"

남해천왕이 황당하다는 듯 묻자 한빈이 문양을 가리키며 답했다.

"아마도 그들은 오랫동안 준비했을 겁니다."

"그들이라……."

"일단 입구부터 열어 보죠. 혹시 저 문양에 대해서 아십니까?"

"나도 처음 보는 문양이네."

"흠."

한빈이 턱을 어루만지자 익절선생 마휘가 다가왔다.

"내가 도울 수 있을 것 같군. 이건 사파에서 흔히 쓰는 은둔진 같네. 그러니까……."

마휘는 쉬지 않고 설명을 이어 나갔다.

그의 설명에 따르면 동시에 같은 곳을 눌러야 했다.

말을 마친 마휘는 돌멩이를 주웠다.

돌멩이를 들고 절벽의 여기저기를 살핀 그는 한빈을 바라봤다.

"팽 공자도 한 개 들어 보시게. 그리고 악 공자도……."

마휘는 뒤쪽에 있는 악비광 그리고 마원을 바라봤다.

급기야는 남해천왕과 적귀까지 돌멩이를 들게 했다.

마휘는 그들에게 각각 맡아야 할 범위를 지정해 주었다.

준비되자 마휘가 외쳤다.

"모두, 각기 맡은 곳으로 돌을 던지시오! 하나, 둘, 셋!"

휙!

모두가 각기 맡은 부분에 돌멩이를 던졌다.

그것도 잠시, 모두는 고개를 갸웃했다.

동시에 목표물을 맞혔지만, 절벽은 미동도 없었기 때문이다.

익절선생 마휘가 미안한 표정으로 한빈을 바라봤다.

"이상하네. 분명히 변화가 있어야 하는데……."

"아마도 놓치신 게 있을 겁니다."

한빈은 조용히 어딘가를 바라봤다.

바로 백호의 발길이 멈췄던 곳이었다.

한빈은 가볍게 그곳을 밟았다.

동시에 땅이 흔들렸다.

땅이 꺼지는 느낌에 모두가 눈을 크게 떴다.

착각이 아니라 그들이 서 있던 바닥이 순식간에 사라졌다.

탁!

한곳에 모여 있던 이들은 순식간에 아래쪽으로 떨어졌다.

구덩이 속으로 떨어진 한빈은 고개를 갸웃했다.

아래에 함정이 있을 줄 알고 신경을 곤두세웠지만, 아래는 청강석으로 이루어진 연무장이었다.

거기에 사방에는 횃불이 일렁이고 있었다.

함정이라고 하기보다는 대문파의 비밀 수련실 같은 분위기였다.

한빈이 남해천왕을 바라봤다.

"이곳도 모르십니까?"

"허."

남해천왕이 헛숨을 들이켰다.

자신도 모르는 공간에 놀란 모습이었다.

그때였다.

어디선가 웃음소리가 들려왔다.

"하하. 어서 오시오."

목소리가 들린 곳은 연무장과 통하는 유일한 출입구 쪽이었다.

목소리의 주인은 횃불을 들고 있었다.

횃불 아래 일렁이는 모습을 본 남해천왕이 눈을 크게 떴다.

"조 환관?"

"왕야께 인사드립니다."

조 환관이라 불린 자는 남해천왕을 향해 깊숙이 포권했다.

그 모습에 남해천왕이 표정을 풀었다.

조 환관은 뒤에서 상자 하나를 집어 들었다.

그러고는 남해천왕의 앞으로 천천히 다가왔다.

상자를 남해천왕의 앞에 놓은 조 환관이 한 걸음 물러났다.

"왕야를 배신한 자를 처단했습니다."

말을 마친 조 환관이 발을 굴렀다.

탁.

상자가 힘없이 쪼개지자 남해천왕의 눈이 커졌다.

옥에 갇혔던 동창 무사 중의 하나였다.

남해천왕이 조 환관을 바라봤다.

"이자의 배경을 밝혔나?"

"네, 밝혔습니다. 왕야."

조 환관이 희미하게 웃었다.

그때 누군가 남해천왕의 몸을 끌어당겼다.

남해천왕은 실 끊어진 연처럼 뒤로 날아갔다.

이어서 굉음이 울려 퍼졌다.

쾅!

동시에 조 환관의 주변에 먼지가 자욱하게 피어올랐다.

모두가 당황한 표정으로 먼지구름을 바라볼 때, 한빈만이 웃고 있었다.

그 웃음이 어찌나 묘한지, 마치 처음 봤다면 한빈을 악당이라 착각할 정도였다.

묘한 웃음을 짓던 한빈은 손을 옆으로 뻗었다.

모두 뒤로 물러나라는 신호였다.

난데없는 상황에 남해천왕이 물었다.

"왜 그러는가?"

"저자는 제가 맡겠습니다. 그러니 일단 몸을 피하십시오."

한빈의 목소리에는 진심이 실려 있었다.

지금 한빈의 눈에는 먼지 속에서 일렁이는 기운이 보였다.

그 기운은 분명히 구결의 흔적이었다.

심지어 천외천급 구결로 보였다.

천외천급이라?

팔선 중 한상자를 불러들여 한빈을 애먹게 했던 백. 그로부터 얻어 낸 것이 천외천급 구결 한 개였다.

그렇다면?

지금 조 환관이란 자의 경지가 그 수준에 도달했다는 의미다.

약간의 두려움과 묘한 설렘이 온몸을 감쌌다.

그것이 바로 한빈이 짓고 있는 웃음의 정체였다.

만약 북해에서 열릴 백경의 회의 이전에 천외천급 초식을 얻게 된다면?

잘만 하면 백경의 선주들을 손바닥 위에 올려놓고 쥐락펴락할 수도 있다는 말이었다.

그렇다면 강호에서 자신의 뒤통수를 노릴 사람은 존재하

지 않게 될 터.

지금 조 환관의 등장은 흉보다는 길에 가까웠다.

그때 남해천왕이 다시 물었다.

"어찌 알았는가?"

"조 환관 말입니까?"

"그자가 나를 해치리라는 걸 미리 알고 있었던 것 같군."

"일개 환관이 지닐 수 있는 무공이 아니니까요."

"그렇다면……."

남해천왕이 침통한 표정을 지었다.

상대의 경지를 못 알아봤다는 것은 조 환관이 남해천왕보다 강하다는 증거였다.

지금의 한 수만 봐도 조 환관의 경지는 남해천왕보다 높았다.

그런데 한빈이 미리 알고 있었다니 할 말을 잃은 것이다.

남해천왕이 다시 말을 이었다.

"장강의 뒤쪽 물이 앞 물을 밀어내는 것은 당연한 이치이거늘 내가 무슨 생각을……. 그 뒤쪽 물이 자네라서 다행이네."

남해천왕이 한빈의 어깨를 다독이며 뒤로 물러났다.

그 모습에 한빈이 말했다.

"잠시 뒤면 왕야의 힘도 필요하니 준비해 주십시오."

"내 힘이라……."

남해천왕의 눈빛이 깊어졌다.

순간 먼지가 가라앉았다.

먼지가 걷히자 그곳에는 구환도를 든 조 환관이 입맛을 다시고 있었다.

구환도는 도신에 아홉 개의 고리가 달려 있었다.

그런데 고리의 모양이 조금 이상했다.

마치 사람의 얼굴을 조각해 놓은 것 같았다.

그때 조 환관이 입을 열었다.

"쩝. 눈치 빠른 쥐새끼가 한 마리 있군."

"왕야께 무슨 무례냐?"

한빈이 조 환관을 가리켰다.

조 환관이 피식 웃었다.

"진심은 아니었지만, 나는 왕야를 십 년 넘게 모셔 왔다. 그런데 내가 왕야께 쥐새끼라고 하겠느냐? 내가 말한 쥐새끼는 바로 너다!"

조 환관이 검지를 들어 한빈을 가리켰다.

한빈은 슬쩍 옆으로 한 발 비켜섰다.

덕분에 조 환관이 가리키는 자는 악비광이 되어 버렸다.

뒤를 힐끔 본 한빈이 말했다.

"쥐새끼가 너래."

"저 죽일 놈이……."

"워워, 아우는 일단 힘을 아껴 둬. 해야 할 일이 따로 있으니까."

말을 마친 한빈이 한 발 앞으로 나갔다.

그러고는 손가락을 튕겼다.

딱.

순간 백색 신형이 한빈의 옆에 나타났다.

설화는 두 손으로 검을 한빈에게 건넸다.

그 검은 다름 아닌 월아였다.

검집을 잡은 한빈은 피식 웃었다.

월아는 단순한 검이 아니었다.

한빈에게는 각별한 의미가 있었다.

월아는 시간을 거슬러 올라온 한빈과 함께한 전우였다. 매번 깨지고 부러졌지만, 그때마다 다시 태어났다.

마치 시간을 거슬러 온 한빈처럼 말이다.

한빈이 월아를 뽑았다.

스릉.

검신을 훑어본 한빈이 말했다.

"내 검은 월아라 한다. 내가 직접 사흘 밤낮 동안 날을 세운 검이지. 달이 비추는 곳이라면 십 리 밖 악인의 목도 벨수 있는 검이다."

한빈은 힐끔 조 환관을 바라봤다.

이것은 어찌 보면 도발.

옆에 있던 설화는 고개를 갸웃했다.

한빈이 이렇게 자상하게 상대에게 월아를 소개한 적이 없었기 때문이다.

거기에 조금 과장된 표현까지, 모든 것이 이상했다.

그때 조 환관이 입을 열었다.

"자네는 혀가 참 길군."

"저승으로 보내기 전에 내 내력은 설명해 줘야 섭섭하지 않을 것 같아서!"

한빈이 다시 받아치자 조 환관이 눈썹을 꿈틀댔다.

마치 당장이라도 달려들 것 같은 표정.

하지만 바로 호흡을 가다듬고는 입을 열었다.

"내 쥐새끼에게 성질을 낼 뻔했군. 내 무기는 구룡도라 하네. 아홉 명의 고수를 갈아 넣은 보도지."

"그럼 그 고리가 그 아홉 고수들이겠군."

"흠, 너까지 갈아 넣는다면 십룡도라고 이름을 바꿔야 할까?"

"그럴 리는 없을 테니 그냥 원래 이름을 써. 물론 앞으로는 못 쓰겠지만."

"하하. 어쨌든 삼십 년을 같이해 온 벗이라네. 어찌 보면 쥐새끼를 잡기에는 아까운 보도지."

그의 말에 한빈이 고개를 돌렸다.

"왕야, 들으셨습니까?"

"들었네."

남해천왕이 놀란 듯 고개를 끄덕였다.

환관 중에 구환도를 무기로 쓰는 자는 없었다.

조 환관도 마찬가지였다.

조 환관은 평범한 검을 쓰던 자였다.

남해천왕과 남해를 같이 누빌 때도 그는 검을 썼다.

그런데 실제로 쓰는 애병은 구환도였다니!

오랜 시간 함께해 온 이의 본모습을 몰랐다는 자책감마저 들었다.

그래 놓고 황궁의 수호자를 자처해 왔었다니, 남해천왕은 자신이 부끄러워졌다.

그가 복잡한 심정으로 막 고개를 떨구었을 때, 접힌 쪽지 하나가 날아왔다.

한빈이 보낸 것이었다.

휙!

쪽지는 너무나 자연스럽게 남해천왕의 손에 들어왔다.

남해천왕은 조용히 쪽지를 펼쳤다.

필(必), 출(出), 필(必), 생(生)

내용은 딱 네 글자였다.

순간 남해천왕의 표정이 굳었다.

이곳에서 꼭 탈출하라는 뜻이었다.

꼭 살아남으라는 말도 더했다.

남해천왕이 당황한 이유는 간단했다.

한빈이 조 환관과 대화를 길게 끈 이유를 알 것 같아서였다.

쪽지에는 조 환관의 내력을 밝힌 후 증인을 이곳에서 탈출시킨다는 한빈의 뜻이 담겨 있었다.

조금 황당한 것은 조 환관의 무공이 어느 정도이기에 피하라는 것인지 이해가 되지 않았다는 점.

그때였다.

한빈이 손가락을 튕겼다.

딱!

그 소리에 맞춰서 뒤쪽에서 밧줄이 내려왔다.

밧줄을 내린 이는 다름 아닌 묘희였다.

한빈은 장단하와 묘희를 의도적으로 숨겼다.

그들이 지금 밧줄을 내린 것이었다.

어찌 보면 그들을 숨긴 것은 천운이었다.

만약 그들이 같이 왔다면 이리 손쉽게 남해천왕을 피신시킬 수는 없었을 테니까.

한빈이 밧줄을 가리켰다.

"올라가시죠."

남해천왕이 못마땅한 듯 주위를 둘러봤다.

주위에는 자신보다 무공이 약한 이들이 수두룩했다.

꼭 자신이 증인이 될 필요가 없었다.

눈앞에 있는 대학자 공손수만 해도 황궁에 증언할 자격이 되었다.

그때 공손수가 말했다.

"왕야가 잡히면 이번 판은 끝이 나오. 장기에서 가장 좋은 수는 궁을 숨기는 것이오."

"알겠습니다, 선생."

남해천왕이 밧줄을 잡았다.

한빈이 적귀를 보며 턱짓했다.

"선배님께 왕야를 부탁드리겠습니다."

"그러면…….”

적귀도 밧줄을 잡았다.

그들은 눈 깜짝할 사이에 위쪽으로 올라갔다.

그때 조 환관의 웃음소리가 들렸다.

"하하."

"왜 그리 웃지?"

한빈이 묻자 조 환관이 고개를 흔들었다.

"내가 도망치는 장면을 아무렇지 않게 보고 있다는 것이 이상하지 않나?"

"그야 멍청하니까!"

"멍청하다고? 누가 멍청한지 보여 주지."

말을 마친 조 환관이 손을 뻗어 횃불을 하나 집었다.

그러고는 벽 쪽에 횃불을 던졌다.

휙!

순간 묘한 소리가 벽 쪽에서 울렸다.

치지직.

그것은 심지 타는 소리였다.

한빈을 비롯한 모두는 그곳으로 시선을 돌렸다.

그 모습에 조 환관이 기분 좋은 듯 웃었다.

"하하. 저 심지가 어디로 이어질까? 진룡 자네는 아는가?"

"진룡이라……. 내 별호를 알고 있군. 그런데 어쩌지!"

한빈이 말을 끊고 웃었다.

그 모습에 조 환관도 피식 웃었다.

"조금 있으면 자네의 형이 가루가 될 텐데 아무렇지 않은
가?"

"지금 심지가 어디까지 이어지느냐고 물었지? 그 정답은
내가 알지. 바로 저 통로의 앞까지."

한빈이 얄미운 표정으로 조 환관의 뒤쪽 통로를 가리켰다.

그 모습에 조 환관이 웃었다.

"소문만 무성했지 자네는 허언증이 있군. 이제 곧 자네의
형과……."

조 환관은 말하다 말고 고개를 갸웃했다.

한빈의 말대로 심지 타들어 가는 소리가 통로 앞에서 없어
졌다.

타면서 내는 불꽃도 보이지 않았다.

한빈이 어깨를 으쓱했다.

"내 말 맞지?"

그와 동시에 하얀색 물체가 통로 쪽에서 튀어나왔다.

한빈이 그곳을 보며 웃었다.

그곳에는 백호가 심지를 물고 있었다.

백호는 칭찬을 바라는 강아지처럼 앞발을 살짝 들고 있었다.

조용히 통로 앞쪽을 바라보던 조 환관의 얼굴이 일그러졌다.

"이런 똥개가!"

크릉.

심지를 입에 물고 있는 백호가 으르렁거렸다.

그때였다.

한빈이 다시 손가락을 튕겼다.

딱!

순간 설화를 비롯한 청화 그리고 악비광 등 모든 이들이 조 환관을 에워싸기 시작했다.

그 모습에 조 환관이 피식 웃었다.

"쥐 새끼가 늘어난다고 호랑이를 잡을 수 있을까?"

"호랑이는 우리 백구가 진짜 호랑이고!"

한빈의 말에 백호가 개선장군처럼 고개를 빳빳이 들었다.

한빈의 말을 칭찬으로 알아들은 것이다.

말을 마친 한빈이 검을 뽑었다.

휙!

그것을 시작으로 모든 이들이 통로 쪽으로 달려가기 시작했다.

오직 공손수만이 자리에 남았다.

그들이 통로를 향해 달려가는 이유는 이곳과 진천뢰를 터뜨릴 심지를 모두 제거하기 위해서였다.

일촉즉발의 수법으로 상대를 향해 월아를 뻗은 한빈은 눈매를 좁혔다.

순간 조 환관이 구룡도를 세웠다.

널찍한 검신이 방패가 되었다.

챙!

순간 불꽃이 튀며 서로의 방향이 바뀌었다.

한빈이 다시 달려들었다.

'성동격서!'

월아가 놀란 뱀처럼 변화무쌍하게 휘어졌다.

동쪽에서 소리를 지르고 서쪽을 친다는 뜻답게 처음에는 가슴을 노리다가 어깨 쪽으로 휘어졌다.

챙!

다시 불꽃이 튀었다.

한빈의 예상대로 조 환관은 허점을 드러내지 않았다.

두 번의 격돌 뒤에 둘은 서로를 바라봤다.

침 몇 번 삼킬 시간이 지났을 때, 조 환관은 자신의 어깨를 슬쩍 바라봤다.

"내 어깨에 보물이라도 묻혀 있나?"

"팔 한쪽은 전리품으로 가져가야 할 것 같아서."

한빈이 씩 웃으며 월아를 뻗었다.

'전광석화.'

한빈의 검이 눈에 보이지 않을 정도로 빨라졌다.

바로 속(速)의 구결을 최대한으로 사용해서 전광석화를 극성까지 펼치고 있기 때문이었다.

놀라운 것은 눈에 보이지 않을 정도의 속도를 조 환관이 따라오고 있다는 점이었다.

월아보다 몇 배는 무거울 거도를 저리 움직인다?

한빈은 저런 도법은 보지 못했다.

대체 누구일까?

그의 내력을 알아내기 위해 대화를 제법 길게 가졌지만, 아무리 봐도 그가 속한 집단을 유추할 수 없었다.

사실 천외천급 구결 흔적을 확인한 후에는 그가 백경의 선주라고 생각했다.

하지만 한빈은 그 가정을 지워야 했다.

백경의 선주는 하나같이 자존심이 강한 자였다.

그들은 자신의 손을 더럽히려 하지 않으며, 자신의 신분을 숨기지 않는다.

한마디로 악랄한 백학 같다고 할까?

백경은 그런 조직이었다.

그런데 조 환관은 왠지 악랄한 까마귀 같은 느낌이었다.

조 환관을 바라보던 한빈은 희미하게 웃었다.

어쨌든 지금 중요한 것은 조 환관의 몸에서 일렁이는 천외 천급 구결을 손에 넣는 것이었다.

잠시 숨을 고르던 조 환관은 입꼬리를 올렸다.

순간 조 환관의 구룡도에 검은색 기운이 맺히기 시작했다.

자세히 보면 일렁이는 기운 같은 것이 아니었다.

종이에 먹물이 물들듯 그의 구룡도가 검은색으로 변하고 있었다.

한빈은 자신도 모르게 월아를 바라보며 고개를 저었다.

월아에 일렁이는 검기와 조 환관의 검은색 기운은 전혀 달랐다.

이질적인 기운에 한빈은 고개를 갸웃했다.

그 모습을 본 조 환관이 입을 열었다.

"이제 본격적으로 시작해 볼까? 쥐새끼."

그의 목소리에는 이제와는 전혀 다른 사악함이 묻어 나왔다.

조 환관의 구룡도는 완벽하게 검은색으로 변해 있었다.

"그랬군."

한빈이 혼잣말을 뱉었다.

도신에 기운을 입힌 것이 아니라, 도신의 안에 도기를 압

축시킨 것이 분명했다.

조 환관이 입을 열었다.

"알아봤는가? 쥐새끼."

그가 구룡도를 앞으로 뻗었다.

순간 모든 공간을 잡아먹을 듯한 기세가 몰아쳤다.

한빈은 월아를 잡은 손아귀에 힘을 주었다.

이제는 한빈도 긴장이 되었다.

조 환관의 변화 때문이었다.

막대한 기세에 눌려서가 아니라, 구결의 흔적이 늘어난 것.

구룡도가 변함과 동시에 천외천급 초식이 둘로 늘었다.

그 말은 상대가 전에 상대했던 백을 뛰어넘는다는 뜻이기도 했다.

"이거 참, 좋아해야 하나 슬퍼해야 하나······."

"죽여 달라고 애원하게 만들어 주지."

조 환관이 사이한 미소를 피워 냈다.

그 미소에 한빈이 월아의 검신을 가볍게 튕겼다.

팅!

그러고는 마주 웃었다.

동시에 한빈은 용린검법의 초식들을 다시 확인하며 말을 이었다.

"오히려 잘됐어! 하나보다는 둘이 이익이지."

한빈이 기분 좋게 웃었다.

지금까지 손에 넣은 천외천급 구결은 한 개.

놈의 몸에 보이는 구결이 두 개이니.

이제 한 개만 더 얻으면 하나의 초식이 완성될지도 모른다.

한빈은 조 환관에게 구결을 얻은 것처럼 미소를 피워 냈다.

어찌 보면 당연한 미소였다.

이제까지 적을 만나면서 한번 본 구결을 놓친 적은 없었다.

어떻게든 물고 늘어져 구결만은 손에 넣었었다.

이것은 승부와는 별개의 문제였다.

이번 승부는 꼭 이길 필요가 없었다.

지금 통로로 들어간 이들이 최악의 상황은 막을 테니 말이다.

거기에 남해천왕이 빠져나갔으니, 시간이 지나면 대규모의 병력이 이곳으로 올 터였다.

한마디로 시간이 흐르면 흐를수록 조 환관에게 불리한 상황.

그때였다.

조 환관의 구룡도가 한빈을 향해 날아왔다.

휙!

순간 한빈의 눈이 커졌다.

바로 속도 때문이었다.

전광석화를 극성까지 끌어올렸는데도 구룡도를 따라가지 못했다.

구룡도를 회수한 조 환관이 희미하게 웃었다.

"쥐새끼라고 한 것은 취소하지. 내 구룡도를 피한 것을 보면 개새끼 정도는 될 것 같군."

"쥐에서 개로 바뀌었군. 좋아해야 하나?"

그때 다시 조 환관의 구룡도가 날아왔다.

챙!

병장기 부딪치는 소리가 허공에서 울렸다.

순간 한빈의 옷자락이 잘려 나갔다.

획!

조 환관이 다시 웃었다.

"제법이군. 이렇게 재미있는 상대와 싸우기는 삼십 년 만에 처음이야."

"나도 마찬가지야. 이렇게 날 흥분시키는 놈은 처음이군."

한빈이 잘려 나간 옷소매를 힐끔 봤다.

팔을 타고 선혈이 주르륵 흘러내리고 있었다.

한빈은 조 환관의 말에 어느 정도 동의하고 있었다.

병장기 부딪치는 소리는 한 번이었지만, 실제로 둘의 무기가 부딪친 것은 다섯 번이었다.

너무 빨랐기 때문에 한 번밖에 안 들렸던 것이다.

한빈은 조 환관의 공격 중 네 번을 막았다.

하지만 마지막 그의 구룡도는 막지 못했다.

팔이 잘려 나가기 일보 직전 한빈은 검을 바꿔 잡고 오른 손을 뺐다.

한빈은 조 환관을 다시 봤다.

어찌 보면 심기일체에 가까운 경지였다.

마음이 가는 대로 기가 움직이니, 사람의 눈으로 그의 투로를 파악하기는 쉽지 않을 것이었다.

이대로 간다면 어떤 초식으로도 조 환관을 꺾을 수 없을 터.

아니 털끝 하나 건드릴 수 없을 것이었다.

물론 한빈은 이대로 갈 생각이 없었다.

한빈이 빙긋 웃으며 허공을 바라봤다.

'심기일전!'

순간 용린의 기운이 순식간에 흩어졌다가 모였다.

한빈은 모든 구결을 속(速)에 모았다.

그 상태에서 다시 한번 초식을 펼쳤다.

'금의환향.'

금의환향은 어떤 구결이나 내공도 필요 없는 초식이었다.

덕분에 본신의 내공과 구결이 구 할 회복할 수 있었다.

모든 구결을 모아 속의 구결을 최대한으로 채운 후, 다시 나머지 구결을 회복시키는 방법이었다.

뒤를 보지 않고 구결을 획득하겠다는 한빈의 결심.

물론 한빈의 변화를 조 환관이 알 리 없었다.

변화를 드러낸 조 환관과는 달리, 한빈은 겉으로 보기에는 아무런 변화도 없었으니 말이다.

조 환관은 피식 웃었다.

한빈의 웃음이 마지막으로 부리는 객기처럼 느껴졌다.

조 환관은 일찍이 진룡이란 이름에 대해서 알고 있었다.

갑자기 이름을 드러낸 하북팽가의 사 공자.

사실 그는 조 환관과 아무런 관련도 없는 자였다.

여기저기서 공을 세우며 천수장주 혹은 생불이란 이름으로 무림인들 사이에 알려진 자였다.

하지만 조 환관은 자신과 상관없다고 생각해서 흘려들었던 이름이었다.

조 환관이 원하는 것은 그저 황실을 장악하는 것이었다.

조 환관은 어릴 적 황궁에 들어갔다.

집안이 궁해서 황궁에 들어간 것은 아니었다.

그의 아비가 출세를 위해서 자기 아들을 궁에 밀어 넣었다.

아무리 출세가 급해도 그렇지, 자기 아들을 궁으로 밀어 넣어 환관을 만든다?

물론 이 생각이 든 것은 스무 살이 가까워져서였다.

나이가 차서 세상 물정을 알게 되었을 때 조 환관은 궁으로 들어온 후궁 하나를 보게 되었다.

그녀는 자신이 어릴 적 좋아하던 소꿉친구였다.

어릴 적 일이지만, 조 환관은 그녀와 장래에 혼인을 약속했었다.

물론 아주 어릴 적 일이었다.

환관이 되고서는 그 일을 까마득하게 잊고 있었다.

하지만 그녀를 본 순간, 조 환관은 세상이 무너지는 줄 알았다.

어릴 적의 꿈들이 기억난 것이다.

그 후 조 환관은 그녀를 잊었다.

환관이 황제의 후궁을 마음에 둘 수는 없는 일이니까.

그 후 궁에서 어느 정도 기반을 다졌지만, 이것은 조 환관이 원하는 삶이 아니었다.

미친 듯이 무공을 연마했던 것은 그때부터였다.

문제는 무공을 연마한다고 해서 사내구실을 할 수는 없다는 점이었다.

조 환관의 분노는 점점 커졌다.

그는 자신을 이렇게 만든 황궁과 세상을 날려 버리고 싶었다.

물론 그럴 힘은 없었다.

대신 조 환관은 자신이 손에 넣은 인맥과 권력으로 친부가 경영하는 상단을 몰락시켰다.

그 일로 조 환관은 황군에서 유명해졌다.

황궁의 이익을 위해서 친부마저 잘라 내는 그의 행동에, 청렴결백하다고 소문이 났다.

그렇게 황궁에서 더욱 입지를 다지고 있을 때, 뜻하지 않은 기연들이 조 환관의 곁에 몰려들었다.

바로 이름 모를 집단과 만나게 된 것이다.

그들은 세상에 존재하지 않는 고수들이었다.

천하 백대고수에 이름을 올리지 않았지만, 그 어떤 고수보다 강했으며.

어떤 무림 기록서에도 존재하지 않는 영약을 가지고 있었다.

그들은 조 환관에게 비급과 영약을 아낌없이 지원해 주었다.

물론 조 환관도 그런 기연을 받아먹기만 한 것은 아니었다.

그는 그들과 협력하여 남해천왕의 밑에서 신분을 속이고 때를 기다렸다.

그렇게 때를 기다리기 십 년.

얼마 전 연락이 왔다.

이제 눈앞에 있는 쥐새끼의 목을 베고 일을 마무리 지으면 그만이었다.

획!

조 환관이 구룡도를 휘둘렀다.

눈 깜짝할 사이 구룡도가 공간을 갈랐다.

순간 조 환관의 눈이 커졌다.

갑자기 맹렬한 기세가 어깨 쪽으로 다가오는 것이다.

휙!

놀란 조 환관이 뒤로 물러서며 다가오는 기세를 쳐 냈다.

챙!

순간 허공에서 불꽃이 튀었다.

조 환관은 믿기지 않는다는 표정으로 상대를 바라봤다.

상대는 피하는 것도 모자라서 허점을 파고 들어왔다.

그때였다.

상대가 다시 치고 들어왔다.

마치 사흘을 굶은 사냥개처럼 미친 듯이 말이다.

챙! 챙!

조 환관은 자신과 속도를 맞추는 상대의 모습에 고개를 갸웃했다.

있을 수 없는 일이다.

조 환관은 이런 쾌도를 만들기 위해서 삼십 년이 넘게 수련했다.

그런데 스물 갓 넘은 애송이가 자신에게 속도를 맞춘다고?

어떤 기연도 없이?

시대를 뛰어넘는 천재가 아니고서는 불가능했다.

조 환관의 가슴속에 묘한 질투심이 치솟았다.

남성을 잃는 대신 기연을 얻어 여기까지 온 자신이었다.

그런데 진룡이란 놈은 아무것도 잃지 않고 자신과 비등하게 싸우고 있었다.

순간 그의 질투는 분노로 바뀌었다.

하지만 분노가 그의 구룡도에 영향을 주지는 않았다.

승부는 승부!

생사결에서는 항상 냉철해야 하는 법이었다.

순간 조 환관의 입가에 미소가 번졌다.

애송이는 역시 애송이였다.

먹잇감을 앞에 둔 사냥개처럼 상대는 한 곳만 노리고 달려들고 있었다.

처음에도 그랬지만, 지금도 상대는 계속해서 조 환관의 오른쪽 어깨를 노리고 있었다.

오른쪽 어깨가 상하면 무거운 구룡도를 들지 못하리라 생각하는 걸까?

사실 상대의 생각은 중요하지 않았다.

조 환관이 그 사실을 안다는 것이 상대의 약점이니 말이다.

그저 그 약점을 이용해서 상대의 목을 날리면 그만.

조 환관이 일도양단의 기세로 구룡도를 내리쳤다.

팡!

하지만 조 환관의 구룡도는 아슬아슬하게 상대의 정수리에서 비껴 나갔다.

순간 조 환관의 오른쪽 어깨가 열렸다.

처음으로 보인 틈이었다.

아니나 다를까.

순간적으로 상대의 검이 파고들었다.

구룡도를 다시 들어 막기에는 늦은 상황.

상대도 이것을 아는 것이 분명했다.

물론 이것은 조 환관이 이 대결을 끝내기 위해 파 놓은 함정이었다.

조 환관은 왼손을 중단에서 상단으로 그었다.

"승룡참수!"

승룡참수는 작은 힘으로 소를 반 토막 낼 수 있는 초식이었다.

하늘로 올라가는 용의 꼬리를 본떠 만든 초식!

이렇게 초식명을 말한 것은 상대를 위한 배려였다.

그만큼 조 환관은 상대를 인정하고 있었다.

나지막이 초식을 외친 조 환관의 입가에는 미소가 피어났다.

그의 왼손에는 구룡도가 아닌 동창 무사들이 쓰는 검이 들려 있었다.

이상한 것은 그 검도 검게 변해 있다는 점이었다.

만일을 위해 준비해 놓은 한 수.

그때였다.

조 환관이 고개를 갸웃했다.

왼손에 걸리는 감각이 휑했기 때문이다.

동시에 갑자기 허리가 따끔했다.

조 환관은 재빨리 구룡도와 검을 교차시켰다.

팍!

순간 상대가 뒤로 물러나며 간격을 벌렸다.

조 환관은 어이가 없다는 표정으로 뜯겨 나간 자신의 옆구리를 보았다.

"네놈!"

"미안해, 속여서."

한빈은 어깨를 가리켰다.

사실 어깨에는 구결의 흔적이 없었다.

한빈이 계속해서 어깨를 노린 것은 이번 한 수를 위한 준비였다.

그런데 마침 조 환관이 그 덫에 걸려든 것이었다.

조 환관도 그제야 알았는지 표정을 일그러뜨렸다.

처음 보인 표정의 변화였다.

조 환관이 일갈을 내질렀다.

"지금부터 네놈을 갈기갈기 찢을 것이다!"

"잠시만 기다려, 확인할 게 있거든."

한빈이 손을 저었다.

뒤로 한 걸음 물러난 한빈은 허공을 바라봤다.

[용안으로 구결을 확인합니다.]

한빈은 재빨리 글귀를 살폈다.
글귀는 계속 이어졌다.

[천외천급 구결 백(百)을 획득하셨습니다.]
[천외천급 : 일(一), 백(百)]

한빈은 자신도 모르게 웃었다.
전에는 획득할 수 없다는 표시와 함께 용린검법에만 기록
되었었다.
그런데 이제는 바뀌었다.
즉 한빈의 몸이 천외천급 구결을 담을 수 있는 그릇이 되
었다는 뜻이다.
이전이 사기그릇이었다면, 지금은 쇠 그릇이 된 것이나 마
찬가지였다.
이 모든 것은 백호를 구해 준 귀산에서 얻은 인연 덕분인
것 같았다.
그렇다면?
백과 대결할 때와 지금은 전혀 다르다는 말이었다.
한빈은 묘한 표정으로 조 환관을 바라봤다.
아직 남아 있는 한 개의 구결 때문이었다.

한빈과는 달리, 조 환관은 얼굴을 붉혔다.

애송이에게 당할 줄은 몰랐기 때문이었다.

자신이 먹은 영약과 자신이 익힌 비급을 모두 합하면 어느 문파에도 뒤지지 않을 것이었다.

그런데 갓 스물이 넘은 애송이에게 당하다니!

그것도 무공에 당한 것이 아니라 머리싸움에서 진 것이다.

황궁 안에서 온갖 암투를 견디며 성장한 조 환관이었다.

머리싸움에서는 누구와 겨루어도 지지 않을 자신이 있었다.

그런데 애송이의 간단한 함정에 당했다고 생각하니 견딜 수가 없었다.

겨우 마음을 추슬렀던 조 환관의 가슴이 다시 끓어올랐다.

"네놈이 알아야 할 것이 하나 있다."

"어디 한번 들어 볼까?"

한빈이 어깨를 으쓱하자 조 환관이 말했다.

"내가 밑천을 보이는 것은 네가 처음이라는 점이다."

"기대되는데……."

"네 기대를 만족시켜 주지. 얼마 안 남은 세상, 충분히 즐기거라."

"꼭 죽을 사람처럼 말하네."

"죽음보다 더 깊은 절망을 안겨 주겠다."

"더 깊은 절망이라……."

"네 영혼까지 베어 버릴 테니 기대하거라."

조 환관이 구룡도를 고쳐 잡았다.

그는 다시 표정을 지웠다.

이제 머리싸움은 필요 없었다.

간단하게 힘으로 찍어 누르면 되니 말이다.

조 환관의 말은 진심이었다.

그는 강호 혹은 황궁에서 자신의 밑천을 보인 적이 한 번
도 없었다.

남해천왕의 밑에 있으면서는 본신의 힘을 일 할도 드러내
지 않았다.

조 환관은 다시 한빈을 바라봤다.

그러고는 미소를 지었다.

잠시 뒤에 일어날 일들을 상상하니 즐거워졌기 때문이다.

눈에 거슬리는 황실의 인사와 무림인을 모두 없애고 나면
가슴이 조금은 뚫릴 것만 같았다.

사실 조 환관이 황실을 없애려고 하는 이유는 한 가지 더
있었다.

그것은 소꿉친구였던 여인이 황궁에서 비명횡사했기 때문
이었다.

황궁까지 청소하기로 한 것은 그때부터였다.

조 환관의 구룡도가 울부짖었다.

우웅.

한빈은 조 환관의 말이 사실이라는 것을 알 수 있었다.

조 환관은 밑천을 다 보이지 않았던 것이 분명했다.

그 증거로 검게 물들었던 구룡도가 다시 변하고 있었다.

지금 구룡도는 회색에 가까웠다.

점점 엷어지는 구룡도를 본 한빈이 월아를 들었다.

그 변화가 무엇을 의미하는지는 중요하지 않았다.

한빈은 재빨리 용린검법의 구결에 힘을 실었다.

바로 전광석화의 위력을 높이기 위해서 속에 집중한 것이
었다.

실시간으로 속의 구결이 사라지기 시작했다.

한빈이 원하는 것은 속전속결.

순간 조 환관이 뒤쪽으로 물러났다.

팍!

한빈이 다시 검을 뻗었다.

조 환관의 눈에도 보이지 않을 속도.

한빈이 이번에는 그의 허벅지를 노렸다.

파박!

뒤로 물러선 조 환관이 도신으로 월아를 막았다.

"비겁한……."

하지만 한빈은 대꾸하지 않고 계속해서 그의 요혈을 노렸
다.

점점 엷게 변하던 구룡도가 다시 검은색으로 돌아왔다.

이것은 한빈이 의도하던 바였다.

한빈은 조 환관의 밑천을 보기 싫었다.

그 밑천이 천외천급 구결을 퍼붓는다고 해도 말이다.

그 정도로 강해진다면 자신도 감당하지 못할 것이 분명했다.

그렇다면 그 전에 싹을 자르는 것이 맞았다.

조 환관의 태도로 봐서 그가 힘을 드러내기 위해서는 시간이 필요한 듯싶었다.

마치 열매를 맺기 위해서는 계절이 바뀌어야 하듯 말이다.

월아를 뻗은 한빈이 외쳤다.

"준비될 때까지 기다려 달라고? 목숨을 건 싸움에서 그건 아니잖아!"

격장지계를 위한 외침이었다.

아니나 다를까, 조 환관의 표정이 바뀌었다.

한빈은 쉬지 않고 월아를 뻗었다.

조 환관이 한빈의 검을 막아 내며 계속해서 물러섰다.

하지만 절대적으로 밀리지는 않았다.

조 환관은 뒤로 물러나면서도 한빈과 동수를 이루었다.

빨라진 한빈의 검만큼 조 환관의 구룡도도 빨라졌다.

획!

한빈의 월아가 조 환관의 앞섶을 베었다.

그때였다.

조 환관의 구룡도가 한빈의 정수리를 향해 날아왔다.

도신을 본 한빈은 재빨리 뒤로 물러났다.

팡!

한빈이 있던 자리에 구룡도가 꽂혔다.

한빈은 아래를 바라봤다.

청강석이 두부처럼 썰려 나갔다.

이대로라면 승부가 나지 않을 것이 분명했다.

한빈은 재빨리 구결을 떠올렸다.

'쾌검난마!'

조 환관의 검은색 기운에서 사이함이 느껴졌기에 취한 행동이었다.

한빈의 예상은 어느 정도 맞았다.

서걱!

월아가 조 환관의 소매를 베었다.

옷자락은 내주었지만 요혈은 내주지 않겠다는 듯, 조 환관은 구룡도를 역수로 잡아 월아를 막았다.

그때였다.

조 환관의 입술에서 피가 흘러나왔다.

내상을 입은 것이 아니라 혀를 깨문 모습이었다.

순간 한빈은 재빨리 뒤로 물러났다.

조 환관의 기세가 바뀌었다.

지금 조 환관의 상태는 잔혈마도의 역혈신공과 비슷했다.

하지만 마기는 느껴지지 않았다.

한빈은 구룡도의 도신을 보고 눈을 크게 떴다.

검은색이었던 구룡도가 어느새 황금색으로 변해 있었기 때문이다.

더 이상한 것은 구룡도의 고리가 부르르 떨리고 있다는 점이었다.

황금색 도신 위에서 아홉 개의 고리가 떨고 있는 모습은 기괴하게 느껴졌다.

자세히 보니 아홉 개의 고리는 해골 모양이었다.

기세를 피워 낸 조 환관이 구룡도를 탁탁 털었다.

그러고는 아무렇지 않게 한빈에게 다가서며 말했다.

"이제부터 시작하겠네. 구룡도에는 아까 말했듯이 아홉 명의 고수를 갈아 넣었네. 즉, 아홉 고수의 기운이 봉인되어 있단 말이지. 자네는 이제부터 그 아홉과 싸워야 하네."

그가 말하는 중간에도 구룡도의 도신에 달려 있는 아홉 개의 고리가 쉬지 않고 떨렸다.

그 모양이 묘해서, 자세히 보면 마치 비명을 지르는 듯 보이기도 했다.

그때부터였다.

휙. 휙.

한빈이 밀리기 시작했다.

조 환관의 구룡도는 쉬지 않고 공간을 갈랐다.

그런데 한 번의 초식에 아홉 개의 변초가 섞여 있었다.

하늘에서 꽃잎이 내려오는 듯하다가 그 꽃잎이 호랑이로 변했다.

유함과 강맹함 그리고 빠름과 느림이 한 초식 내에 담겨 있었다.

성동격서가 한 번에 두 변초를 쓴다면, 지금 조 환관의 구룡도는 한 번에 아홉 개의 변초를 쓰는 것이니 놀랍다고 할 수 있었다.

서걱.

한빈의 옷깃이 잘려 나갔다.

동시에 무복에 핏빛이 얼비쳤다.

서걱.

다시 구룡도가 한빈을 스쳐 지나갔다.

주룩!

한빈의 어깨에서 피가 흘러내렸다.

만약 속의 구결이 아니었다면 벌써 목이 달아났을 것이다.

뒤로 밀리던 한빈은 재빨리 용린검법의 초식을 확인했다.

'고진감래.'

맞더라도 의미 없이 맞아서는 안 된다는 생각이 들어서였다.

고진감래는 적의 공격을 통해 내공을 축적하는 방법이었다.

즉, 몸이 넝마가 될수록 얻을 수 있는 이익도 커진다.

물론 목이 달아나면 모든 것이 소용없는 일.

서걱.

구룡도가 한빈의 허벅지를 지나갔다.

한빈은 온몸의 감각을 끌어올렸다.

이렇게 감각을 끌어올리는 이유는 간단했다.

바로 조 환관의 무공을 분석하기 위해서였다.

아무리 생각해도 조 환관과 비슷한 무공은 본 적이 없었다.

만약 조 환관의 무공을 처음 본 사람이라면 마인이라 착각할지도 모른다.

하지만 마교의 무공은 절대 아니었다.

마교의 무공이라면 한빈이 모를 리 없었다.

전생에 지긋지긋하게 경험했으니 말이다.

그 마교와의 인연은 현생에서도 이어져서 잔혈마도와 생사결을 펼쳤었다.

조 환관의 무공은 절대로 마교의 무공은 아니었다.

그렇다고 강호 어느 문파의 무공도 아니었다.

강호에서 발을 디디고 있는 문파라면 한빈이 다 알고 있었다.

사실 한빈은 지금이라도 자리를 떠날 수 있었다.

한빈이 줄행랑을 치지 않는 이유는 딱 두 가지였다.

첫째는 구결이고.

둘째는 이곳에서 도망친다고 해도 조 환관이 살아 있는 한 뒤통수가 근질거릴 것이 분명해서였다.

자신은 신분을 밝혔는데 상대는 신분을 감추고 돌아선다?

그럼 신분을 밝힌 자신만 손해였다.

한빈은 반드시 상대의 정체를 밝혀내고 싶었다.

서걱!

한빈의 가슴에서 피가 쏟아졌다.

하지만 한빈은 그냥 뒀다.

이렇게 몰려야 상대가 정체를 드러낼 것이 분명했다.

순간 한빈의 눈이 빛났다.

무공의 연원은 모르지만, 그 근본은 알 것 같아서였다.

바로 무공의 뿌리는 하나라는 말이었다.

본래 무공에는 상성이 있기 마련.

어떤 이는 무공이 오행과 팔괘에 뿌리를 둔다고 말하곤 한다.

한빈은 조용히 용린검법을 확인했다.

한빈이 보고 있는 것은 소모성 구결이었다.

소모성 구결과 지금까지 쌓인 공력을 한 번에 쏟아 낸다면?

물론 그 전에 해야 할 일이 있었다.

털썩!

한빈이 자리에 쓰러졌다.

월아를 바닥에 꽂은 채 무릎 꿇은 한빈의 모습은 누가 봐도 위태로웠다.

한마디로 패잔병에 가까웠다.

구룡도가 한 번만 지나가면 한빈의 목은 바닥에 뒹굴 것이었다.

그 모습을 본 조 환관이 구룡도를 멈췄다.

그는 볼살을 꿈틀거리며 구룡도의 도신을 핥았다.

"피 맛이 좋군, 좋아!"

탄성을 내지른 조 환관은 묘한 눈빛으로 한빈을 바라봤다.

그 모습에 한빈이 웃었다.

"칭찬 고맙군. 죽기 전에 뭐 하나 물어볼게."

"……."

"내가 누구한테 죽는지 모르면 구천을 떠돌 것 같아서 말이야."

"죽는 놈한테 얘기 못 해 줄 건 없지. 천외천."

"천외천이라고?"

"천외천의 손에 죽는다는 것만 알아 두게."

"혹시 백경과 관련된 자인가?"

"백경? 우리를 그런 신선놀음하는 자와 비교하면 기분 나쁘지."

"신선놀음이라고?"

한빈이 고개를 갸웃하자, 조 환관은 비릿한 웃음을 지었다.

어찌 보면 한빈의 생각대로였다.

조 환관은 백경과 관련이 없는 자였다.

그렇다면 천외천의 세력이 백경만이 아니라는 말이었다.

순간 한빈의 표정이 일그러졌다.

마치 악귀처럼 일그러진 한빈의 모습에, 조 환관이 말했다.

"죽는 게 그렇게 무섭나? 그리 무섭다면 덤비지를 말았어야지."

"죽는 게 무서워서가 아니라 귀찮아서야."

"귀찮다니? 아직도 허풍을 떠는군."

"나는 세상에서 뒤통수가 근질거리는 게 제일 싫어."

"……."

조 환관이 고개를 갸웃했다.

죽음을 앞둔 사람이 할 말이 아니었기 때문이다.

조 환관의 표정에 아랑곳하지 않고 한빈이 말을 이었다.

"사실 세상에서 백경만 해결하면 될 거라 생각했어. 그런데 다른 놈들이 또 있었다니! 이건 지워도 지워도 끝이 없잖아. 마치 한여름 밤의 날파리처럼 말이야."

"간이 배 밖으로 나왔군."

"나도 네 목을 가를 초식을 가르쳐 주지."

"아직 입도 살아 있어."

"성동격서, 부창부수. 그리고 하나는 비밀이야."

말을 마친 한빈이 다리에 숨겨 놓은 만월을 왼손으로 빼 들었다.

이게 웬 떡

한 손에는 월아 다른 한 손에는 만월을 든 한빈은 재빨리 조 환관의 품으로 파고들었다.

속도로 따라잡지 못한다면 손을 늘리면 될 일이기 때문이다.

한빈의 모습에 조 환관이 눈을 가늘게 떴다.

"숨겨 놓은 힘이 있었군. 비록 좁쌀보다도 못하지만……."

"맞아. 좁쌀보다도 못해. 근데 혹시 그거 아나? 원래 둑을 무너뜨리는 데는 좁쌀만 한 구멍이면 충분하거든."

한빈이 씩 웃으며 만월을 뻗었다.

하지만 조 환관은 아무렇지 않게 뒤로 한 발 물러났다.

"흐흐. 재미있는 놈이군. 다 죽어 가는 놈이 입만 살았어.

내가 시간만 된다면 너를 수하로 삼을 텐데 아깝군."

"돈만 많이 준다면!"

"그래, 저승길에 쓸 노잣돈은 챙겨 주마."

조 환관이 씩 웃으며 황금빛으로 변한 구룡도를 뻗었다.

순간 구룡도의 아홉 개의 고리가 빠져나왔다.

그 아홉 개의 고리는 살아 있는 듯 한빈을 향해 암기처럼
날아왔다.

챙.

한빈이 만월로 황금빛 고리를 쳐 냈다.

하지만 바로 다음 고리가 한빈의 요혈을 노리고 달려들었
다.

챙.

이번에는 월아로 받아 냈다.

아홉 개의 고리는 쉬지 않고 한빈을 향해 쏘아졌다.

그뿐이 아니었다.

조 환관의 구룡도까지 한빈의 목을 노렸다.

마치 아홉 마리의 용이 조 환관을 돕는 것 같았다.

아홉 개의 고리는 마치 살아 있는 듯 한빈의 움직임을 막
았다.

한빈은 필사적으로 고리를 쳐 내고 조 환관의 구룡도를 피
했다.

부창부수를 써서 움직이고 있지만, 역부족이었다.

조 환관을 포함해서 열 명과 싸우는 기분이 들었다.

그때였다.

아홉 개의 고리가 서로 얽히고설키더니 사방을 덮었다.

조 환관이 웃음기 가득한 눈으로 말했다.

"구룡만화(九龍滿花). 내 초식의 이름이다."

조 환관은 구룡도를 멈췄다.

그는 이 싸움이 끝났다는 듯 고즈넉한 표정으로 한빈을 바라봤다.

그의 표정은 진심이었다.

아홉 마리의 용이 물고 내려온 여의주가 깨어나니, 세상이 여의주를 닮은 꽃으로 덮이리라!

이것이 구룡도의 절초인 구룡만화의 구결이었다.

이 초식을 강호에 나와 써 본 적이 있을까?

조 환관은 강호에서 이 초식을 드러내는 것이 처음이었다.

꼭꼭 숨겨 놓고 있었을 뿐, 실제로 사용하리라고는 생각지도 못했다.

이제껏 조 환관이 밑천을 보일 만한 상대가 없었기 때문이다.

조 환관의 입꼬리가 보기 좋게 올라갔다.

본신의 힘을 마음껏 펼치자 마치 온몸을 구속하고 있던 사슬이 풀린 느낌이었다.

이것은 진심이었다.

이렇게 마음이 홀가분한 적이 있었던가?

솔직히 말한다면 태어나서 이렇게 시원한 기분을 느낀 적은 없었다.

조 환관이 외쳤다.

"구룡개화(九龍開花)!"

순간 조 환관의 구룡도가 번쩍였다.

황금빛 강기가 한층 더 강해졌다.

그 강기는 한빈을 옥죄고 있는 아홉 개의 고리로 흘러 들어갔다.

동시에 여의주처럼 아홉 개의 고리가 환하게 빛을 냈다.

마치 꽃봉오리가 싹을 틔우는 것만 같았다.

그 꽃은 용의 숨결을 담고 있었다.

어찌 보면 조 환관이 보여 줄 수 있는 마지막 절초였다.

조 환관은 이 초식이 상대에게 아깝지 않다고 생각했다.

처음에는 단지 애송이였지만, 지금은 어엿한 무인으로 상대를 보게 되었다.

자신이 인정한 무인이 강호에 얼마나 있을까?

마지막 절초는 자신이 인정한 무인에 대한 예의였다.

조 환관은 진심으로 상대가 아까웠다.

자신만 만나지 않았다면 언젠가 천하제일인이 될 자질이 있는 기재였다.

진룡이라는 이름이 다소 과장되긴 했지만, 앞날이 창창한

이무기 정도는 된다고 판단했다.

이곳에서 자신을 만난 것이 어찌 보면 불운이었다.

조 환관이 구룡도를 기분 좋게 털었다.

탁!

순간 아홉 개의 고리가 다시 구룡도의 도신으로 돌아왔다.

조 환관은 아무 일도 없다는 듯 몸을 돌렸다.

그러고는 통로 쪽으로 천천히 걸어갔다.

상대의 시신을 살펴볼 필요가 없다고 생각했다.

아홉 개의 여의주가 피워 낸 꽃은 시체조차 남기지 않기 때문이었다.

그때였다.

천천히 그곳을 벗어나려던 조 환관이 고개를 갸웃했다.

"대체……."

조 환관이 당황한 이유는 하나였다.

세상에서 사라진 상대가 멀쩡하게 서 있었기 때문.

물론 이전과 다른 모습이었다.

상의를 벗은 채 양손에 검을 들고 있는 모습은 마치 귀신 같았다.

한빈은 마지막 순간 재빨리 금선탈각의 수법으로 자리를 빠져나왔다.

덕분에 윗옷만 남겨 둔 채 여기에 서 있을 수 있었다.

한빈은 조 환관의 밑천을 모두 보고 싶었다.

물론 한빈의 계획은 성공이었다.

조 환관의 몸에는 아직도 천외천급 구결의 흔적이 일렁이고 있었다.

한빈은 안광을 빛냈다.

순간 조 환관이 자신도 모르게 뒤로 한 발 물러섰다.

조 환관은 적잖게 당황했다.

자신의 마지막 절초를 꺼냈는데 상대가 멀쩡하다니, 믿을 수 없었던 것이다.

한빈은 그의 표정이 이해된다는 듯 천천히 다가갔다.

천천히 상대를 향해 월아를 뻗는 한빈.

조 환관도 표정을 수습하고 구룡도를 뻗았다.

"구룡승천(九龍昇天)!"

다가오던 구룡도가 일렁이기 시작했다.

구룡승천은 아직 완성되지 않은 초식이었다.

하지만 지금은 이 초식을 꺼내 들 수밖에 없었다.

상대는 구룡개화까지 받아 낸 검객.

그렇다면 구룡만화와 구룡개화를 뛰어넘는 초식으로 상대할 수밖에 없었다.

하지만 이 초식을 꺼내 드는 것은 자살행위일 수도 있었다.

초식의 위력이 약해서가 아니었다.

초식의 위력은 조 환관이 제어할 수 없었다.

상대뿐 아니라 자신마저도 해할 수 있는 것이 바로 구룡승천의 초식이었다.

우우웅.

구룡도가 공간이 흔들릴 정도로 울어 댔다.

조 환관도 눈을 찔끔할 정도로 구룡도가 밝아졌다.

동시에 아래에서부터 아홉 마리의 용이 솟구쳐 오르는 듯이 황금빛 강기가 한빈을 향해 몰아쳤다.

아홉 개의 강기는 서로 경쟁하듯 한빈을 향해 달려들었다.

한빈은 도리어 앞으로 한 발 나아갔다.

월아를 곧게 잡은 한빈이 웃었다.

"내가 원하던 거네. 나도 마지막 초식을 알려 주지. 화(火)!"

한빈이 짧게 말을 끊고 조용히 용린검법을 확인했다.

순간 월아가 번쩍이며 황금빛 강기를 감쌌다.

월아가 만들어 낸 검기는 붉은색이었다.

한빈의 무복보다도 더 붉은, 아니 한빈의 피보다도 붉다고 해야 했다.

그것은 용광로에서 비치는 불꽃과 비슷했다.

그 불꽃은 구룡도의 황금빛 강기를 집어삼켰다.

아니, 정확히는 두 개의 기운이 뒤섞이고 있다고 봐야 했다.

순간 눈부시게 빛나던 황금빛 강기가 일렁였다.

조 환관의 얼굴은 점점 일그러졌다.

구룡도를 통해 자신의 내공이 하염없이 빠져나가고 있었기 때문이다.

처음에 걱정한 대로 위력을 통제할 수 없었다.

조 환관이 구룡도를 손에서 떼려 했지만, 뗄 수 없었다.

마치 손과 하나가 된 것처럼 구룡도가 찰싹 달라붙었다.

조 환관은 이를 꽉 물었다.

사실 이건 조 환관이 바란 상황은 아니었다.

상대를 가루로 만들고 싶었지, 자신이 가루가 되고 싶지는 않았다.

이제는 선천진기까지 빠져나가려고 하는 순간, 구룡도가 번쩍였다.

그의 모든 힘을 흡수한 구룡도가 미소 짓고 있는 것 같았다.

하지만 조 환관은 웃을 수 없었다.

조 환관에게는 마지막 꿈이 있었다.

무림과 황실을 끝장낸 뒤 강호에서 사라진 후, 사람들의 눈에 띄지 않게 새외에서 여생을 보내는 것이었다.

그동안 고생했다면 이 정도의 호사는 누려도 되지 않을까?

하지만 지금은 불가능할 것 같았다.

구룡도의 빛이 강해지면서, 월아가 만들어 낸 불꽃도 점점 커졌다.

마치 구룡도의 황금빛 강기에 반응하는 것 같았다.

한빈이 사용한 것은 소모성 구결이었다.

그중에서도 화(火).

어찌 보면 한빈은 조 환관의 천적이었다.

조 환관이 쓰는 기운은 금(金)에 가까웠다.

한빈은 금의 기운을 소모성 구결로 간단히 누른 것이었다.

금의 기운을 피워 낼수록 월아에 담은 화의 기운은 무한정 늘어날 수밖에 없었다.

구룡도가 만들어 낸 황금빛 강기와 월아의 불꽃이 하나의 구체를 만들어 내고 있었다.

한빈은 구체 너머 흔들리는 조 환관의 눈빛을 보았다.

그는 이런 결과를 상상하지 못한 것 같았다.

원래 강호라는 세상이 원하는 대로만 흘러가지 않는다.

그게 천하제일의 고수라고 할지라도!

강호라는 세상에서 두 번이나 구른 한빈이었다.

이 생각은 전생이나 현생이나 같았다.

자신이 통제할 수 없다면 운에 맡기는 수밖에 없었다.

당황한 조 환관을 본 한빈이 만월을 날렸다.

'백발백중!'

획!

용린의 기운을 품은 한빈의 만월이 구체를 뚫었다.

만월은 아무런 저항 없이 구체를 지나쳤다.

마치 한빈과 조 환관 사이에 아무것도 없는 것처럼!

만월이 조 환관의 가슴에 꽂혔다.

팍!

순간 신기루처럼 구체가 사라졌다.

조 환관이 멍하니 앞을 바라봤다.

그는 천천히 고개를 숙였다.

조 환관은 가슴에 꽂힌 단검을 보더니 눈을 크게 떴다.

순간 조 환관이 구룡도를 떨어뜨렸다.

탁!

구룡도가 청강석으로 된 바닥에 박혔다.

털썩!

조 환관이 무릎을 꿇었다.

그는 가슴에 박힌 만월을 힘없이 매만졌다.

지금의 상황이 믿기지 않는 모양이었다.

한빈은 재빨리 만월과 이어진 천잠사를 당겼다.

만월이 조 환관의 몸에서 빠져나왔다.

조 환관의 가슴에서 선혈이 뿜어져 나왔다.

순간 조 환관이 검은 피를 토해 냈다.

울컥!

한빈의 시선은 조 환관에게 가 있지 않았다.

조용히 어딘가를 바라보고 있을 뿐이었다.

그런 한빈을 바라보던 조 환관은 비릿한 웃음을 지었다.

"죽음을 확인할 가치도 없다는 것인가?"

"……."

한빈이 답하지 않자 조 환관이 다시 말을 이었다.

"대답할 가치도 없다는 것인가?"

"……."

역시 한빈은 답하지 않았다.

조 환관보다 더 급한 것이 있었으니까.

지금 가장 중요한 것은 구결을 확인하는 것이었다.

[천외천급 구결 계(戒)를 획득하셨습니다.]

[천외천급 : 일(一), 백(百), 계(戒)]

천외천급 구결이 세 개로 늘어났다.

한빈은 자신도 모르게 비릿한 웃음을 지었다.

그 비릿한 웃음에 조 환관이 반응했다.

"네놈은 누구냐? 아무리 생각해도 알 수가 없어……."

마치 한이 섞인 듯한 목소리였다.

한빈은 그제야 고개를 돌렸다.

"하북팽가의 사 공자!"

"그런 껍데기 말고 진짜 정체를 알고 싶구나."

"미안하지만 나도 몰라."

한빈이 피식 웃었다.

이것은 한빈의 진심이었다. 사실 한마디로 자신의 정체를 밝힐 수는 없었다.

숨을 헐떡이던 조 환관이 미소를 지었다.

그 미소를 본 한빈이 웃었다.

"참 재미있군. 내게 이긴 선물로 하나만 더 말해 주지."

"선물이라……. 나야 고맙지."

"내가 혼자 왔다고 생각하나? 황실과 무림을 주저앉힐 계획을 나 혼자 처리할 수 있다고 생각하나? 남해천왕이나 네 동료나 오늘이 마지막 날이 될 것이다."

"마지막 날이라……. 조금 더 쉽게 이야기해 주면 안 될까?"

"너는 그들을 구하지 못한다. 네 몸이 두 개라고 해도 말이다. 이번에는 내 사형제들도 같이 왔으니까. 쿨럭!"

조 환관이 검은 피를 토해 냈다.

그의 시선이 통로와 구덩이의 위쪽을 번갈아 지나쳤다.

조 환관은 자신이 느낀 절망을 상대에게 그대로 되돌려주고 싶었다.

조 환관은 미쳐 날뛰는 상대의 모습을 보고 싶었다.

이제까지의 상황을 보면 상대는 남해천왕과 자신의 일행에 애착을 느끼는 것이 분명했다.

사실 남해천왕이 이곳을 벗어날 때부터 주사위는 던져진 것이었다.

남해천왕은 사실 이번 일을 마지막으로 세상에서 지워질 인물이었다.

　그를 지울 임무는 조 환관이 아닌 다른 자가 맡았다.

　이번 임무를 위해 조 환관의 사형과 사제가 불광사에 왔다.

　사실 조 환관도 처음 보는 사형과 사제였다.

　서찰만 받았을 뿐 그들을 마주한 적은 없었다.

　조 환관이 알기로는 사형제 중 한 명은 남해천왕을 쫓고 있다.

　나머지 한 명은 방해자들을 처리하기 위해서 통로의 끝에서 기다리고 있을 터. 그것이 이들의 계획이었다.

　한마디로 모두가 죽은 목숨이라는 말이었다.

　말을 마친 조 환관은 입가에 희미한 미소를 피워 냈다.

　조 환관은 별미를 기다리는 아이의 표정을 하고 있었다.

　이제 그의 죽음은 기정사실.

　아침에 뜨는 태양을 막을 수 없듯이 그의 죽음도 막을 수 없었다.

　죽기 전 그가 원하는 별미는 바로 상대의 절망!

　조 환관이 입을 열었다.

　"그들의 죽음을 막을 힘도, 시간도 없을 것이야. 하하."

　조 환관의 말에 한빈이 미간을 좁혔다.

　만약 조 환관과 비슷한 자가 일행이 향하는 길에 서 있다면?

아마도 일행 중에는 그들을 당해 낼 수 있는 자가 없을 것이다.

조 환관은 지금 분명히 사형제라고 했다.

그 말은 무공의 경지가 조 환관에 버금간다는 말이었다.

아니, 더 높을 수도 있었다.

조 환관은 황궁에 잠입한 자였다.

아마도 무공을 숨어서 익혔을 것이다.

그에 반해서 사형제라고 하는 자들은 조 환관과 비교도 안 될 환경에서 수련했을 수도 있다.

조 환관은 그들의 속가제자 정도의 지위를 가지고 있을 수도 있었다.

어찌 보면 그들이 강할 것은 확인하지 않아도 뻔했다.

아니 이런 추리가 아니더라도 조 환관의 표정을 보면 알 수 있었다.

사실 한빈은 설화와 청화 그리고 악비광을 걱정하지는 않았다.

설화와 청화라면 사막에 떨어뜨려 놔도 살 아이들이기 때문이다.

한빈이 강조하는 것이 무엇이던가?

바로 개똥밭에 굴러도 이승이 최고라는 철칙이었다.

거기에 공독지체를 지닌 청화와 구걸십팔보를 극성으로 익힌 설화였다.

맞서 싸우려 들지만 않으면 살아남는 데는 문제가 없었다.

거기에 조 환관이 한 가지 착각하는 것이 하나가 있었다.

그것은 바로 한빈과 남해천왕과의 친분이었다.

한빈은 조 환관이 생각하는 것처럼 남해천왕과 친분이 있지 않았다.

친우로서가 아니라 증인으로서 보호하려는 것이었다.

여기까지 생각한 한빈은 어깨를 살짝 떨었다.

두려움 때문이 아니었다.

바로 새로운 천외천급 구결을 얻을 수 있다는 희망 때문이었다.

조 환관에게 있던 천외천급 구결이 그에게도 있을 가능성이 컸다.

한빈은 몸을 못 가누는 조 환관의 멱살을 쥐었다.

당황한 한빈을 본 조 환관이 너털웃음을 터뜨렸다.

"허허. 늦었다고 해도. 늦었어. 남해천왕도 네 동료도…….
아무도 살리지 못할 것이야."

"내가 궁금한 건 그런 쓸데없는 게 아니야."

"그럼 그들을 살려 달라고 내게 부탁이라도 하고 싶은 게냐?"

"그런 부탁을 내가 왜 해?"

"……."

미소를 지운 조 환관이 물끄러미 한빈을 바라봤다.

한빈이 다급하게 물었다.

"더 강한 놈이 어느 쪽에 있지? 남해천왕? 아니면 불광사?"

"……."

조 환관이 당황한 표정으로 한빈을 바라봤다.

바로 한빈의 표정 때문이었다.

한빈의 표정은 일행을 걱정하는 표정이 아니었다.

도리어 환희에 찬 표정으로 입맛을 다시고 있었다.

조 환관이 예상했던 표정과는 달랐다.

그는 지금 상대가 미쳤다고 생각했다.

예상보다 깊은 절망에 정신 줄을 놓은 것이 분명했다.

그때였다.

한빈이 입맛을 다셨다.

"나는 너보다 강한 놈을 원해. 너보다 약한 놈은 절대 안
돼, 아니 필요 없어. 둘 중 누가 강하지?"

"대체 지금 무슨……."

"빨리 말해."

"이런 미친!"

조 환관은 그제야 알았다.

상대가 정신을 놓은 것이 아님을 말이다.

상대는 진심으로 누가 강한지를 묻고 있었다.

조 환관은 상대의 눈빛을 바라봤다.

아기처럼 순수한 눈빛으로 입맛을 다시고 있다.

순간 조 환관은 자신도 모르게 떨었다.

몸이 식어 가기 때문이 아니었다.

상대는 자신의 상식으로는 가늠할 수 없는 인간이었다.

상대는 일행이나 남해천왕의 안위 따위는 계산에 넣지 않는 것이 분명했다.

이쯤 되자 조 환관은 상대의 정체가 궁금했다.

눈을 감기 전에 어떤 인간인지 조금이라도 알고 싶었다.

최소한 하북팽가 사람은 아닐 것이었다.

아니 조금 범위를 넓힌다면 정파의 인간은 아닐 것이 분명했다.

하지만 상대의 정체를 밝히는 것은 힘들었다.

그의 생이 얼마 남지 않았기 때문이다.

조 환관의 몸은 계속 식어 가고 있었다.

한빈이 아무렇지 않게 다시 물었다.

"더 강한 놈이 어디로 갔지? 내 일행이 있는 곳? 아니면 남해천왕을 따라갔나? 아니지, 이럴 때가 아니지."

고개를 흔든 한빈이 품속에서 호리병 하나를 꺼냈다.

호리병을 털자 조그만 애벌레 하나가 나왔다.

애벌레를 본 조 환관이 피식 웃었다.

"다 죽어 가는 사람에게 고독을 쓴다고? 그게 과연 가능할까?"

"일단 맛이나 한번 봐 봐."

한빈이 애벌레를 조 환관의 입가에 살포시 올려놓았다.

애벌레는 입 주변에서 꿈틀대다 조 환관의 콧구멍 속으로 기어서 들어갔다.

순간 조 환관이 비명을 터뜨렸다.

"악!"

비명은 오래가지 않았다.

대신 눈을 까뒤집은 조 환관이 게거품을 입에 물었다.

조 환관은 상대가 진정한 악마라고 생각했다.

만약에 순수한 악이 있다면 저런 모습을 하고 있을 것이 확실했다.

죽어 가는 자한테 고독을 쓴다고?

고독은 숙주가 죽게 되면 자연스럽게 녹아내린다.

죽어 가는 자에게 고독을 쓰는 경우는 딱 한 가지 경우밖에 없었다.

바로 상대의 고통을 즐기기 위해서다.

숙주의 몸이 약할수록 고독은 더욱 강하게 작용한다.

지금 조 환관이 입에 게거품을 무는 것도 이런 이유 때문이었다.

하지만 상대의 고통을 즐기기 위해서 비싼 고독을 쓰는 예는 없었다.

세상에 어떤 집단도 말이다.

그때였다.

고통이 한계를 넘어서자 감각조차 희미해지기 시작했다.

조 환관은 다시 상대의 눈빛을 확인했다.

그가 기대했던 절망은 조금도 느껴지지 않았다.

자신이 조사했던 하북팽가의 사 공자와 지금 눈앞에 있는 자는 별개의 인물이 분명했다.

갓 스물이 넘은 무인이 저런 눈빛을 하고 있을 리는 없었다.

반면 한빈은 조 환관의 표정을 신경 쓸 틈이 없었다.

여기서 조금이라도 늦는다면 아까운 혈고가 그대로 무용지물이 되어 버릴 것이다.

한빈은 재빨리 조 환관의 백회혈을 눌렀다.

팍!

동시에 용린검법의 기사회생을 펼쳤다.

용린의 기운이 한빈의 오른손으로 몰렸다.

한빈의 오른손에 모인 용린의 기운이 조 환관의 백회혈로 빨려 들어갔다.

물론 기사회생을 전력으로 쏟아부은 것은 아니었다.

사냥개로 부릴 정도만 회복시키면 되었다.

정확히는 기사회생의 반을 쏟아부었다.

순간 조 환관의 얼굴에 핏기가 돌았다.

눈빛도 정상으로 돌아왔다.

조 환관이 작게 침음을 흘렸다.

"으윽."

"정신이 드나?"

"대체 내게 무슨 짓을?"

"네가 남해천왕에게 쓴 수법을 써 봤지."

"그런데 어떻게 죽어 가던 내 몸이……."

놀란 조 환관이 자신의 몸을 더듬었다.

한빈은 그가 무엇에 놀라는지 대충 이해가 되었다.

어떤 영약을 먹는다고 해도 이렇게 몸을 회복시키지 못할 것이었다.

한빈이 쏘아 낸 화(火)의 기운은 조 환관의 혈맥까지 태웠을 터.

하지만 한빈의 기사회생은 상한 혈맥의 반을 회복시킨 것이다.

그때였다.

조 환관이 자리에서 일어났다.

이제 혈고가 자리 잡았으니 명령을 내릴 차례였다.

한빈이 명령을 내리려 할 때였다.

갑자기 그가 한쪽 무릎을 꿇었다.

털썩!

한빈은 고개를 갸웃했다.

아직 혈고를 사용하지 않았기 때문이다.

혈고를 통해서 고통을 주면서 상대에게 암시를 주는 것이 바로 사용법이었다.

그런데 지금은 아직 조 환관을 통제하기 전이었다.

한빈은 다시 한번 혈고를 확인했다.

호리병에는 혈고가 한 마리 남아 있었다.

남아 있는 것은 음고였다.

조 환관의 머릿속에 들어 있는 것은 양고.

음고가 꿈틀거리는 것을 봐서는 조 환관의 머릿속에 양고가 자리 잡았음이 분명했다.

지금 조 환관은 혈고에 통제당하는 것처럼 충성스러운 눈빛을 하고 있었다.

"뭐지?"

한빈이 단도직입적으로 묻자 조 환관이 부복했다.

"진정한 주군을 몰라뵈었습니다."

이쯤 되자 한빈은 당황스러웠다.

한빈은 슬쩍 호리병을 흔들었다.

순간 조 환관이 비명을 질렀다.

"으아악!"

한빈은 눈을 가늘게 뜨고 그를 관찰했다.

그의 비명은 거짓이 아니었다.

그는 고통스러운 듯 머리를 감싸 쥐고 있었다.

고통이 지나가자 정신 차린 조 환관이 다시 무릎을 꿇었다.

"이 정도의 고통은 주군이 내려 주신 은혜에 비하면 아무것도 아닙니다. 주군께 해를 끼치려 했던 점……. 더한 벌을 내려 주십시오."

한빈은 자신도 모르게 용린검법 초식들을 살폈다.

아무래도 조 환관의 행동이 용린검법의 초식과 관련이 있을 것 같아서였다.

순간 한빈은 있을 수 없는 가정 하나를 떠올렸다.

한빈이 나지막한 목소리로 물었다.

"혹시 회복되었습니까?"

"주군의 은혜를 입었습니다. 소신, 일부나마 회복했습니다."

조 환관이 자신의 사타구니를 가리켰다.

순간 한빈은 자신도 모르게 입을 벌렸다.

이제야 모든 것을 확실하게 깨달은 것이다.

그는 황궁의 환관.

환관은 당연히 거세라는 의식을 치르게 된다.

즉 남성을 잃게 된다는 말이었다.

그런데 그 남성이 어느 정도 회복되었다는 말이었다.

그것이 어떻게 가능할까?

사실 한빈도 이해가 되지 않았다.

깨진 단전이 회복된다는 말은 들어 봤어도 환관이 남성을 회복한다는 말을 듣지도 보지도 못했다.

기사회생에 이런 효과가 있을 줄은 몰랐다.

아예 이해를 못 하는 것은 아니었다.

다 죽어 가는 사람도 살리는 것이 바로 기사회생이니 말이다.

하지만 이번 경우는 조금 이상했다.

그가 거세당한 지 한두 해가 지난 것이 아니기 때문이다.

기사회생이 조 환관에게만 효과가 있는 것인지? 아니면 다른 환관들에게도 똑같이 작용할지? 그것은 모르지만, 놀랍기는 매한가지였다.

이상한 것은 남성을 회복한 것이 사실이라고 해도 왜 저런 태도를 보이냐는 말이었다.

한빈의 표정을 본 조 환관은 눈물을 글썽였다.

한빈이 그의 마음을 이해하지 못하는 것도 당연했다.

그가 세상에 원한을 품기 시작한 것은 바로 황궁에 환관으로 팔아 버린 아비 때문이었다.

사실 황궁에서 나와서 평범한 사내처럼 세상을 살 수 있었다면 아비에 대한 원한도 없었을 것이었다.

모든 것은 환관이 되면서부터 시작되었다.

조 환관은 고개를 저었다.

주군에게 눈물을 보일 수 없기 때문이었다.

고개를 젓자 사방으로 희미한 눈물이 튀었다.

그의 흔들리던 고개가 멈췄다.

그는 자신의 눈물이 주군에게 튈지도 모른다고 생각했다.

조 환관의 마음은 진심이었다.

그 모습에 한빈이 한숨을 쉬었다.

"휴."

아무리 앞뒤를 재 보아도 이해가 되지 않았기 때문이다.

그 한숨 소리에 조 환관이 살짝 미안한 표정을 지었다.

조 환관은 조심스럽게 뒤를 돌아서 다시 한번 확인했다.

자신의 변화를 두 눈으로 확인한 조 환관이 다시 부복했다.

"저를 회복시켜 주셔서 감사합니다. 충성을 다하겠습니다. 제 남은 생 중 반은 주군께 바치겠습니다."

이 말은 진심이었다.

자신을 낳아 준 것은 부모지만, 자신을 온전한 사람으로 만들어 준 것은 바로 눈앞에 있는 하북팽가의 사 공자였다.

상대가 하북팽가의 사 공자가 아니더라도 상관없었다.

누가 되었든 오늘부터 눈앞에 있는 사람은 그의 주군이었다.

그때였다.

조 환관의 귓가에 주군의 목소리가 울려 퍼졌다.

"모든 일이 마무리되면 나머지도 회복시켜 주지."

이것은 반 정도는 진심이었다.

지금 한빈이 쓴 기사회생은 정확히 오 할이었으니 말이다.

순간 조 환관이 다시 부복했다.

"성은이 망극하옵니다."

누가 환관 아니랄까 봐 황족을 대하듯 예를 갖춘다.

한빈은 이런 급격한 태세 전환이 믿음직스럽지는 않았다.

순간 한빈은 재빨리 용린검법의 구결을 뒤졌다.

한빈에게는 지금과 같은 상황에서 어느 정도 마음을 읽을
방법이 있었다.

'의(意)!'

백호와 소통할 때 썼던 수법이었다.

한빈은 조용히 조 환관에게 집중했다.

잠시 그를 바라보던 한빈의 눈이 커졌다.

조 환관에게 조금의 악의도 느껴지지 않았기 때문이다.

주군으로 모시겠다고 한 조 환관의 말은 진심이었다.

정확한 마음까지는 아니어도 한빈은 그의 뜻을 읽었다.

마음을 확인한 한빈은 이제 중요한 것을 물어봐야 했다.

한빈은 조 환관의 앞에 쪼그리고 앉았다.

"그래서, 강한 놈은 어디로 갔지?"

"주군, 그건 잘 모릅니다."

"흠."

"하지만 제 예상을 말씀드릴 수는 있습니다."

"새겨듣지."

"강한 자, 즉 사형이 남해천왕을 맡았을 겁니다."

"이유는?"

"일이 끝나면 남해천왕을 없앨 테니까요. 불광사는 횃불 하나면 모든 게 끝나지만, 남해천왕은 손이 가는 인물이니 당연히 사형이 따라붙었을 겁니다, 주군."

"알았어, 그럼 나는 남해천왕을 쫓지. 일만 잘되면 그대의 공은 잊지 않지."

"저도 따르겠습니다."

"아니, 그대는 저 통로로 간 백구를 쫓아서 내 일행을 도와 줬으면 좋겠어."

"백구라니……. 그게 무슨 말씀입니까?"

"아, 아까 하얀 호랑이 말이야."

"어이쿠, 그게 강아지가 아니라 호랑이였군요. 영물은 신 선을 알아본다고 한다더니……."

"나 신선 같은 거 아니야. 그러니까 이상한 소리 하지 말 고."

"알겠습니다, 주군."

"그럼 가 봐."

"그런데 제가 주군을 따라가면 안 되겠습니까?"

"대체 왜 그러는데?"

"제가 주군을 지키고 싶습니다. 주군은 절대 다치셔서는 안 됩니다."

"혹시 내가 다치면 그대를 회복 못 시킬까 봐 그러는 건가?"

"이 정도만 해도 만족합니다. 하지만……."

조 환관은 끝내 말을 맺지 못했다.

한빈은 피식 웃었다.

"절대 죽지 않으니 걱정하지 말고. 참, 이거 가져가."

한빈은 아무렇지 않게 호리병을 건넸다.

"이게 뭡니까?"

반사적으로 호리병을 받은 조 환관이 눈을 크게 떴다.

바로 혈고 중 음고가 들어 있는 호리병이었다.

호리병을 잡은 조 환관은 갑자기 멍하니 한빈을 바라봤다.

"벌써 저를 믿으시는 겁니까?"

"안 믿어."

한빈이 손바닥을 보이자 조 환관이 웃었다.

"안 믿는데 왜 제게 이걸 주시는 겁니까?"

"이걸 주는 이유는 딱 두 가지야. 그대의 목숨을 결정할 권리, 그리고 그걸 무기로 쓸 권리."

한빈이 호리병을 가리켰다.

그 모습에 조 환관이 물었다.

"무기라면……?"

"저 끝에서 그대의 사제를 만나면 그걸 써!"

호리병을 가리키자 조 환관이 말했다.

"제 출신에 대해서 안 물어보십니까?"

"그대에 대해서 지금은 알고 싶지 않아."

"옛말에 적을 알고 나를 알면 위태로움이 없다는 말이 있지 않습니까? 제가 제 사부에 대해서 말씀드리겠습니다."

"괜찮아. 지금은 그게 중요한 게 아니잖아."

고개를 흔든 한빈은 웃었다.

한빈의 말은 사실이었다.

지금은 그것이 중요한 게 아니었다.

사실 한빈은 정확하지는 않지만, 조 환관의 감정을 어느 정도 읽었다.

사부라는 자를 향한 두려움, 경외심 같은 감정이었다.

한빈의 웃음이 멀어져 갔다.

구걸십팔보를 펼치며 사라졌기 때문이다.

사사 삭!

그렇게 한빈은 낙엽 밟는 소리만 남긴 채 자리를 떠났다.

조 환관은 품에 호리병을 넣고 조용히 통로 쪽을 바라봤다.

그는 다시 한번 호리병을 확인했다.

호리병 속에 음고가 해를 당하면 자신의 머릿속에 양고가 영향을 받는다.

그것은 자기 죽음으로 이어질 터.

조 환관은 이제 죽고 싶지 않았다.

누군가와 동귀어진 할 생각은 조금도 없었다.

그렇다면?

이 혈고는 새로 모시기로 한 주군인 한빈의 말대로 무기가
될 수 있을 것이다.

조 환관은 의미심장한 미소를 피워 내며 통로 안으로 걸음
을 옮겼다.

막 경공술을 펼치려던 조 환관은 고개를 갸웃했다.

그는 눈을 감고 자신의 혈맥을 살폈다.

순간 조 환관은 눈을 크게 떴다.

타들어 간 혈맥마저 회복되었기 때문이다.

조 환관은 한빈이 사라진 자리를 향해 조용히 포권했다.

꽃

설화의 청화 그리고 악비광은 지나가면서 조심스럽게 심
지가 묻힌 곳을 찾아냈다.

심지를 찾아낸 것은 다름 아닌 백호였다.

백호가 영물의 뛰어난 후각으로 심지를 찾아내면, 설화와
청화 그리고 악비광이 제거하는 일을 맡았다.

마원은 마휘와 함께 앞쪽에서 정찰 임무를 맡았다.

그때였다.

가장 앞에서 달려가던 마휘가 손을 들었다.

순간 마원이 뒤쪽으로 신호를 보냈다.

마휘는 벌써 동창의 복장으로 갈아입은 지 오래였다.

조금 나이가 들어 보이긴 했지만, 호리호리한 그의 체구는 동창 무사와 구별할 수가 없었다.

그런 이유로 마휘는 가장 앞에서 정찰을 맡고 있었다.

중요한 것은 지금 이곳에 모인 인물 중 마휘가 임기응변에 가장 뛰어나다는 점이었다.

지금 마휘가 신호를 보낸 것은 앞쪽에 스무 명 정도의 무사들이 짐을 싣고 있기 때문이었다.

위쪽이 아닌 비밀 통로를 통해 짐을 옮긴다?

그것은 아무래도 수상쩍어 보였다.

중요한 것은 여기서 들켰다가는 죽도 밥도 안 될지도 모른다는 점이었다.

그때 동창 무사들이 수레에 물건을 싣고 천천히 마휘의 앞으로 걸어왔다.

그중 앞에 선 무사가 눈을 가늘게 뜨며 마휘를 바라봤다.

마휘는 사람 좋은 얼굴로 말했다.

"조심해서 옮기게. 나는 무사히 일을 마치고 양지바른 곳에 묻히고 싶네."

"염려 마십시오. 그러지 않아도 조심스럽게 옮기고 있습니다."

"그럼 수고들 하시게."

마휘가 능숙하게 답하며 그들의 수레를 살폈다.

순간 마휘의 눈이 커졌다.

수레에서 흘러나오는 기름 냄새 때문이었다.

그들은 진천뢰에만 집중했었다.

그런데 살펴야 할 것이 더 나타난 것이다.

지금 저들이 옮기고 있는 것은 기름이었다.

저 정도 양의 기름이라면?

터뜨리는 것이 아니라 불광사 주변을 태워 버릴 수도 있었다.

이자들은 얼마나 많은 준비를 했을까?

마휘는 잠시 생각에 빠졌다.

아무래도 남해천왕의 힘만으로는 벌일 수 없는 일이었다.

그렇다면 황궁의 또 다른 누군가가 개입했을 것이다.

순간 마휘의 비상한 두뇌가 돌아가기 시작했다.

마휘의 판단이라면, 남해천왕은 일이 잘못되었을 경우 누명을 씌울 대상에 불과할 수 있었다.

물론 남해천왕은 모를 것이 분명했다.

마휘는 마원에게 눈짓했다.

잠시 숨어서 이곳을 지켜보자는 뜻이었다.

마휘는 천천히 이곳을 돌아다녔다.

창고처럼 쓰이는 것 같았다.

이곳에는 제법 많은 식량도 비축되어 있었다.

마휘는 이곳에서 개미처럼 일하는 동창 무사를 보고는 혀를 찼다.

마휘의 예상대로라면 저들은 일이 끝나면 이곳에 묻힐 희생양들이었다.

그때였다.

누군가 마휘의 뒤쪽에서 기척을 죽인 채 나타났다.

청색 무복에 도끼를 든 자였다.

청색 무복은 얼핏 봤고 도끼는 그림자로 파악한 것이다.

그림자에 비친 도끼가 위쪽으로 올라갔다.

그러고는 서서히 아래로 내려온다.

내려오던 도끼가 마휘의 어깨 근처에서 멈췄다.

그림자만 봐서는 마휘의 목이 달아났다 착각할 수도 있었다.

마휘는 상대의 도끼질에서 묘한 느낌을 받았다.

마치 상대가 자신을 시험하는 듯 보였다.

마휘는 지금 구부정한 상태로 이곳을 돌아보고 있었다.

허리가 구부정하다는 것은 동창의 무사 중 나이 먹은 관리자라는 것이다.

나이 먹은 관리자는 흔히 이빨 빠진 호랑이라고 불린다.

입김은 있지만, 무사로서 실전 감각은 떨어지는 자.

마휘는 모른 척 천천히 앞으로 걸어갔다.

아직도 도끼를 든 그림자의 주인은 마휘를 따라붙고 있었다.

이제는 일부러 기척을 흘리고 있었다.

마휘는 일부러 모른 척 갈 길을 갔다.

그는 상대의 기척에 집중했다.

처음에는 안 들리던 발소리가 희미하게 들린다.

마휘는 그의 걸음걸이에서 무공의 경지를 얼핏 느꼈다.

순간 마휘는 손가락으로 신호를 보냈다.

바로 위험신호였다.

상대는 일행 중 가장 고수라고 할 수 있는 한빈에 맞먹는 자였다.

물론 걸음걸이로 유추한 결과였다.

그 정도로 걸음걸이가 정숙했다.

마휘가 걸음걸이만으로 상대를 평가할 수 있는 것은 그만큼 고수를 많이 만났기 때문이었다.

독고련이나 독고진 등 그가 모시는 사도련의 고수들 모두 현 무림에서는 무시할 수 없는 이들이었다.

마휘가 지금 가장 무서운 것은 상대가 발소리를 조절하고 있다는 점이었다.

상대는 마치 마휘의 청력을 시험하듯 단계별로 조절해서 발소리를 흘리고 있었다.

현 무림에서 경공술을 그 정도로 미세하게 펼칠 수 있는 자가 얼마나 될까?

차라리 발소리를 안 내기는 쉬웠다.

하지만 상대에게 원하는 만큼 소리를 흘린다?

그것은 무인으로서 불가능한 경지였다.

거기에 도끼를 들고?

지금 그림자에 비친 도끼는 마휘의 어깨너비만큼 되는 양날 도끼였다.

마휘는 저런 도끼를 쓰는 고수를 떠올려 봤다.

도끼는 보통 녹림과 사파 쪽에서 많이 사용하는 무기였다.

녹림과 사파라면 마휘보다 더 잘 아는 자는 없었다.

문제는 마휘가 아는 한 저런 병기를 쓰는 자는 없다는 점이다.

물론 동창의 무사라면 도끼를 들지는 않았을 터.

그때였다.

마휘의 앞에 있던 동창의 무사가 깜짝 놀라 어딘가를 가리켰다.

아마도 마휘의 뒤에 있는 도끼를 발견한 것 같았다.

마휘는 모른 척 고개를 갸웃했다.

"왜 그러나?"

"뒤, 뒤에……."

무사가 손가락질하자 마휘는 그제야 고개를 돌렸다.

고개를 돌린 마휘는 그제야 상대를 확인할 수 있었다.

순간 마휘의 눈이 커졌다.

도끼를 들고 있는 이는 경장 차림의 여인이었다.

도끼만 뺀다면 거리에서 한 번쯤 돌아볼 정도의 빼어난 미

모를 지니고 있었다.

하지만 무시무시한 도끼 때문에 그 미모에 눈길이 가지 않았다.

거기에 허리까지 내려오는 치렁치렁한 머릿결 덕분에 그녀가 움직일 때마다 눈이 어지러웠다.

여인의 외모는 확실히 눈에 띄었다.

무시무시한 도끼에 비견되는 백옥 같은 피부.

특히 찰랑거리는 그녀의 머릿결은 마치 수묵화 속 폭포 같았다.

그녀의 시선을 받은 마휘는 재빨리 머리를 굴렸다.

지금 자신이 어떻게 대처하느냐가 중요했다.

마휘가 그녀에게 물었다.

"대, 대체 누구시오?"

이렇게 물어본 이유는 하나였다.

마휘의 앞에 있는 병사도 놀랐기 때문이었다.

병사가 아는 자라면 저리 놀라지는 않았을 터.

마휘의 입장에서도 같이 놀라는 것이 맞았다.

그는 끝까지 동창의 무사인 척하고 있기로 했다.

그때 여인이 뭔가를 펼쳤다.

촤르륵.

그것은 남해천왕의 친필이 적힌 명령서였다.

남해천왕이 그녀에게 모든 업무를 맡겼다는 증서였다.

그 증서는 진짜였다.

마휘는 눈을 가늘게 떴다.

그 증서는 아마도 미리 받아 놓은 듯 보였다.

동창 무사들이 수군거리다가 명령서의 앞에 무릎을 꿇었다.

"왕야의 명에 따르겠습니다."

"따르겠습니다."

연이어서 그들이 고개를 조아렸다.

지금 이곳의 동창 무사들은 남해천왕이 어떤 상황인지 전혀 모르는 듯 보였다.

남해천왕의 친서를 확인한 그들은 예를 취했다.

모두가 무릎 꿇자 여인이 말했다.

"이제부터 여기는 내가 관리하겠어요."

"명에 따르겠습니다!"

무사 중 수장이 외치자 나머지 무사들도 복창했다.

그녀의 다시 모든 동창 무사들을 돌아본 후 말을 이었다.

"지금부터 불청객을 정리하겠어요."

말을 마친 여인이 도끼를 들었다.

그 도끼날이 향하는 것은 다름 아닌 마휘 쪽이었다.

순간 마휘가 뒤로 물러났다.

여인이 머리를 찰랑거리며 도끼를 곧게 뻗었다.

팡!

마휘가 있던 자리가 갈라졌다.

도끼 자국을 본 동창 무사들이 눈을 크게 떴다.

"대체 지금 무슨 짓이요?"

동창의 무사들이 마휘 쪽으로 모였다.

누가 봐도 마휘는 동창의 무사였다.

마휘 자신도 어이가 없었다.

마휘는 처음 상대의 그림자를 확인한 후, 의심받을 행동을
한 적이 없었다.

혹시 기세라도 드러낸 것일까?

하나 아무리 생각해도 기세를 드러낸 기억은 없었다.

도리어 꼭꼭 숨겼다.

그녀의 공격도 모르는 척 넘기지 않았던가?

지금 마휘의 모습은 겁먹은 늙은 환관에 불과했다.

그 모습은 초라해 보이기도 했다.

그 때문일까.

동창의 무사들이 마휘를 보호하기 위해 앞으로 나섰다.

막아선 동창 무사들을 본 도끼 든 여인이 말했다.

"누구의 눈부터 먼저 뽑아 줄까요?"

"대체 무슨……."

동창 무사 중 수장으로 보이는 이들이 나섰다.

그 모습에 여인이 비릿한 웃음을 지었다.

"침입자가 활보하게 놔두니 무능하다고 할 수밖에 없죠.

왕야의 이름으로 무사님들도 단죄하겠어요.”

그때였다.

마휘가 앞쪽에 서 있던 동창 무사를 잡아끌었다.

휙!

동창 무사가 뒤쪽으로 나가떨어졌다.

순간 동창의 무사들이 모두 마휘를 바라봤다.

그중 하나가 마휘를 쏘아보며 물었다.

“대체 무슨 짓입니까?”

“저길 보게.”

마휘가 동창 무사의 수장이 있는 곳을 가리켰다.

그곳에는 깊게 도끼 자국이 파여 있었다.

순간 동창 무사가 뒤로 한 발 물러났다.

바로 두려움 때문이었다.

여인의 한 수가 얼마나 악랄한지, 동시에 얼마나 강한지를
알아봤기 때문이었다.

황궁에도 고수는 많다.

하지만 강호에는 그 고수가 셀 수 없이 널려 있다.

그것은 훈련 교관들이 하나같이 하는 말이었다.

그들의 얘기 중 가장 무서운 것은 딱 하나였다.

상대의 수법을 알아보지 못하면 목을 내놓을 생각을 해야
한다는 것이다.

그는 그 말을 이제야 깨달았다.

거대한 도끼를 휘두르는데 전혀 보지 못했다.

바닥에 파인 자국을 보면 도끼 자국은 열십자 모양으로 남아 있었다.

즉 두 번 휘둘렀다는 것이다.

거기에 소리도 들리지 않았다.

도끼를 든 여인이 마음만 먹으면 여기 있는 동료 모두를 죽일 수 있다는 의미다.

지금도 뒤쪽에 있던 나이 먹은 관리가 아니었다면 수장의 몸은 열십자로 쪼개졌을 것이다.

그때 뒤쪽에 나가떨어졌던 동창의 수장이 걸어왔다.

그 수장은 마휘에게 고개 숙여 감사를 표한 후 여인의 앞에 다시 섰다.

동창의 수장은 여인을 노려봤다.

아무리 왕야의 지시를 받고 왔다지만, 아군을 공격한 것은 이해할 수 없었다.

이제는 그 명령서의 진위까지 의심되었다.

"무슨 짓이오?"

"몰라서 묻나요?"

여인이 도끼를 걸쳐 멘 채 어깨를 으쓱했다.

그때였다.

마휘가 앞으로 나와 여인을 바라봤다.

"지금 내가 불청객이라는 거요?"

"……."

여인은 답하지 않았다.

그저 고개를 갸웃하며 마휘를 바라볼 뿐이었다.

마휘도 상대에게 눈을 떼지 않았다.

만약에 여인이 노리는 것이 자신이라면 마휘는 그녀를 유인할 계획이었다.

그녀를 유인한 틈을 타, 뒤쪽에 있던 일행이 심지를 마저 제거하면 될 터였다.

그때 침묵하던 여인이 입을 열었다.

"내가 언제 당신이 불청객이라고 했나요?"

"그럼 누굴 말한 거요?"

마휘가 되물었다.

사실 속으로 안도의 한숨을 내쉬었지만, 티를 낼 수는 없었다.

물론 다른 한편으로는 여인의 의도가 궁금하기도 했다.

순간 여인이 비릿한 미소를 지었다.

"당신이 누군지는 상관없어요."

"내가 불청객이 아니라면 누가 불청객이라는 것이오?"

"여기 있는 모두를 깨끗이 지워야겠어요. 아니, 몇 명은 살려 둘까? 고르기도 귀찮은데……."

그녀는 혼잣말을 뇌까렸다.

그 모습에 동창의 수장이 나섰다.

"자, 잠시만 기다려 보시오."

"왜요?"

그녀가 고개를 갸웃했다.

동창의 무사 모두 어이가 없다는 듯 여인을 바라보았다.

마휘는 조심스럽게 여인을 살폈다.

마휘는 강호에 나와 거래를 실패한 적이 거의 없었다.

물론 가끔은 거래 자체를 시도하지 못할 경우도 있었다.

그 대부분은 상대의 정신이 온전치 못할 경우였다.

미친놈들과 거래하는 것은 애초에 불가능한 일.

마휘는 여인에게서 미친 자들 특유의 분위기를 느꼈다.

그 증거로 여인과는 말이 통하지 않았다.

그런데 그 또라이가 상상도 할 수 없이 강한 무공을 지녔
다고 하면?

아마 세 살짜리 아이가 보도를 들고 날뛰는 꼴이 될 것이다.

그 아이는 자신의 행동에 어떤 의미도 두지 않을 터.

지금 그 여인의 모습이 그랬다.

그때 여인의 입가에 해맑은 미소가 피어났다.

"폐품들은 이제 사라져 줘야겠어요. 나는 일을 빨리 끝내
고 싶거든요. 순서야 조금 바꾸면 되잖아요. 그냥 귀찮아서."

말을 마친 여인이 하품했다.

순간 동창 무사 중 하나가 여인에게 뛰어갔다.

그는 진지한 목소리로 여인에게 말했다.

"조 환관 나리의 지시를 받드시오. 순서는 꼭 지켜야 하오."

그의 말에 여인이 턱을 어루만졌다.

마휘는 그녀를 보며 눈매를 좁혔다.

얼굴은 앳돼 보이는데 하는 짓은 노고수 같았다.

거기에 지금 그녀에게 달려간 동창 무사는 남해천왕을 배신한 인물 중 하나인 것 같았다.

즉 여인과 한패라는 것이다.

이곳에 있는 동창 무사 중 배신자가 얼마나 있을까?

마휘가 동창 무사들을 살피고 있을 때였다.

여인이 도끼를 들었다.

"싫은데."

그녀가 말을 끝낸 순간 미세한 바람이 쓱 지나갔다.

휙!

모두가 고개를 갸웃했다.

아무리 봐도 여인은 조금도 움직이지 않았기 때문이다.

모두가 무슨 일인지 몰라 멀뚱거리고 있을 때, 마휘는 코를 씰룩였다.

불어오는 바람에 혈향이 섞여 있었다.

순간 마휘의 눈이 커졌다.

여인의 옆에 다가섰던 동창의 배신자가 바닥에 쓰러졌다.

마휘는 동창의 무사가 쓰러진 것 때문에 놀란 게 아니었다.

그의 몸이 세로로 정확히 썰렸음에 놀랐다.

지금의 한 수는 마휘도 보지 못했다.

거기에 아군을 그냥 베어 버린다?

역시 마휘의 생각대로, 상대는 정상이 아닌 또라이였다.

그때 광풍이 몰아쳤다.

휙!

마휘가 눈썹을 꿈틀했다.

한겨울의 새벽바람같이 살을 에는 듯한 살기가 몰아쳤기 때문이다.

마휘가 외쳤다.

"숙여!"

동창 무사들이 납작 엎드렸다.

그중 몇은 멍하니 여인을 바라보고 있었다.

순간 멍하니 바라보던 무사들의 목에 붉은색 실금이 새겨졌다.

그들 중 하나가 고개를 갸웃했다.

순간 그의 머리가 슬쩍 기울어졌다.

툭.

무사의 목이 그대로 바닥에 떨어졌다.

이어서 멍하니 서 있던 다른 무사들의 목이 바닥에 뒹굴었다.

마휘는 자신도 모르게 입을 벌렸다.

여인은 무사가 아니라 흔히 말하는 도살자였다.

흔히 경지에 이른 백정이 도축하는 소는 끝까지 자신이 죽
는다는 것을 모른다는 말이 있다.

물론 마휘는 그런 경지의 백정을 본 적이 없었다.

그것이 가능할까?

마휘는 그 말을 믿지 않았었다.

그런 경지를 지닌 자가 백정을 하고 있겠는가?

하지만 지금 그녀의 한 수를 보니 가능했다.

마휘는 재빨리 품속에서 죽통 하나를 꺼냈다.

그는 죽통을 바닥에 힘껏 던졌다.

팡!

굉음과 함께 회색 연기가 퍼졌다.

그것은 신호였다.

여인은 조 환관의 아래가 아니었다.

굳이 그녀와 맞설 필요가 없었다.

지금 중요한 것은 바닥에 묻혀 있는 심지를 제거하며 불광
사로 향하는 것이었다.

마휘는 회색 연기 속에서 조심스럽게 걸어갔다.

다른 이들도 연막탄이 터지기 전 이곳의 지형을 기억해 놨
을 것이다.

아니나 다를까.

통로의 입구에 다른 이들도 모여 있었다.

통로 쪽은 연기가 희미한 덕분에, 상대의 얼굴을 확인할
수 있었다.

마휘는 조용히 일행을 확인했다.

마원과 악비광이 마휘의 옆에 자리했다.

그 앞으로 설화와 청화가 벌써 연기 속을 나왔다.

마휘는 그들을 향해 손짓했다.

소리 없이 이곳을 빠져나가자는 뜻이었다.

가장 앞에 선 것은 설화였다.

설화는 조심해서 앞을 살폈다.

주변을 살핀 설화가 고개를 끄덕이며 손짓했다.

함정은 없다는 신호였다.

신호를 보낸 설화가 앞으로 한 발 내디뎠을 때였다.

갑자기 하얀색 물체가 설화를 덮쳤다.

물체의 정체는 다름 아닌 백호였다.

하지만 갑작스러운 등장에 설화는 엉덩방아를 찧을 수밖
에 없었다.

탁!

설화는 입을 막았다.

자칫 비명이라도 질렀다가는 무시무시한 여인에게 들키게
된다.

뛰어든 백호는 설화의 품에 안겼다.

설화가 황당하다는 표정으로 품에 안긴 백호를 바라보고

있을 때였다.

여인의 도끼를 향해 도망친 동창 무사 중 몇이 운 좋게 통로를 찾아 달려왔다.

그들은 설화 일행에게는 눈길조차 주지 않았다.

여인에 대한 두려움 때문이었다.

그들이 먼저 달려가자 설화가 웃었다.

"굳이 제가 정찰할 필요는 없겠네요."

그때였다.

갑자기 앞에서 묘한 소리가 들려왔다.

서걱!

서걱!

순간 설화의 눈이 커졌다.

멀리서부터 문이 닫히고 있었다.

보통 철문이 아니었다.

철문 하나하나가 개작두처럼 날이 서 있었다.

개작두는 시간차를 두고 멀리서부터 내려왔다.

급기야는 설화의 코앞에까지 내려왔다.

이제는 완벽하게 통로가 닫혔다.

이곳은 동창의 무사들이 물건을 옮기던 통로였다.

필시 누군가 이곳을 닫은 것이 분명했다.

앞서간 동창 무사들이 개작두처럼 내려오는 문에 희생된 것으로 보아서는, 그들도 장치에 대해서 몰랐던 것 같았다.

그렇다면?

이 기관 장치를 작동한 이는 분명히 여인일 것이다.

중요한 것은 자칫했다가는 저 개작두에 모두가 희생당할 뻔했다는 것이다.

설화는 조금 전 상황을 떠올려 봤다.

만약 백호가 튀어나와 말리지 않았다면?

횡액을 피하더라도 저 중간에 고립되는 상황은 피할 수 없었을 터.

설화는 품에 안긴 백호를 바라봤다.

백호가 무슨 일인지 모른다는 듯 눈을 깜빡였다.

설화는 백호의 머리를 조용히 쓰다듬었다.

옆에 있던 청화가 안도의 한숨을 내쉬었다.

"다행이에요."

"과연 다행일까?"

고개를 갸웃한 설화는 뒤를 돌아봤다.

마휘는 생각에 잠긴 듯, 턱을 괸 채 미동도 하지 않고 있었다.

설화는 그런 마휘의 어깨를 조심스럽게 톡톡 쳤다.

"마휘 할아버지."

"지금 할아버지라고 했느냐?"

마휘가 눈매를 좁혔다.

위기 상황이긴 하지만, 할아버지란 호칭은 왠지 듣기 싫었기 때문이다.

"그럼 마휘 오라버니?"

설화가 고개를 갸웃하자 마휘가 황당하다는 듯 한숨을 쉬었다.

"허."

"그럼 그냥 아저씨라고 할게요. 우리 공자님이 항상 하시는 말씀이 있어요."

"그게 무엇이냐?"

"길이 어려워 보일수록 열쇠는 가까이 있다고요."

설화가 눈을 찡긋하자 마휘가 미간을 좁혔다.

"대체 그게 무슨 말이냐?"

"아저씨, 그냥 같이 조져요."

설화는 연기가 자욱한 앞쪽을 가리켰다.

여인의 도끼질 덕분에 날카로운 기세가 광풍처럼 몰아치고 있었다.

그때 옆에 있던 청화가 고개를 끄덕였다.

"저도 찬성이에요. 분명히 이곳을 지나가는 열쇠는 저 아줌마가 가지고 있을 거예요."

"내 생각도 그래."

말을 마친 설화가 우혈랑검을 꺼냈다.

그녀의 우혈랑검에 검기가 일렁였다.

청화도 기세를 피워 냈다.

그때였다.

앞쪽 연기 속에서 비명과 웃음소리가 어지럽게 뒤섞였다.

물론 웃음소리는 여인의 것이고 비명은 동창 무사들의 것이다.

웃음소리 뒤에 곧바로 간드러진 여인의 목소리가 이어졌다.

"꼭꼭 숨어라! 머리카락 보인다!"

그 말에 설화가 청화를 바라봤다.

"우리가 숨어야 하는 거 맞아?"

"저는 잘 모르겠어요. 그렇지만 누가 숨든 무슨 상관이에요. 목이 먼저 떨어지는 사람이 지는 거죠. 그게 놀이의 법칙이잖아요. 헤헤."

해맑게 웃는 청화를 본 설화가 말없이 미소 지었다.

마휘는 둘의 대화에서 깨달음이라도 얻은 듯 조용히 천장을 올려다봤다.

마휘가 놀란 이유는 간단했다.

그는 사파의 세력이 왜 예전과 같지 않은지를 확실히 깨달았다.

"내가 근본을 잊었군."

마휘가 조용히 앞으로 나왔다.

그의 말은 진심이었다.

마휘는 두 소녀의 말에서 무인의 기개를 느꼈다.

그런데 정작 사파 최고 단체인 강남 사도련의 군사인 자신은 그 기개를 잊고 살았다.

지금은 그 기개가 필요했다.

마휘가 눈을 빛내고 있을 때였다.

뒤쪽에서 악비광이 능글맞은 미소를 지었다.

"저를 빼놓으면 섭섭하죠."

"저도 마찬가지입니다."

마원도 창대를 고쳐 잡았다.

그때였다.

연기가 걷히자 참혹한 광경이 눈앞에 펼쳐졌다.

살아남은 동창의 무사들은 흩어져서 벌벌 떨며 벽에 바싹 붙어 있었다.

다수의 무사는 토막이 난 채 바닥에 나뒹굴고 있었다.

하지만 중심에 여인은 없었다.

앞에 선 설화가 고개를 갸웃했다.

"어디 있지?"

다른 이들도 마찬가지였다.

아수라장이 된 주변을 살피며 여인을 찾았다.

아무리 생각해도 이상한 일이었다.

몸은 숨긴다고 쳐도 웬만한 장정보다 큰 거대한 도끼를 숨길 공간은 없었다.

그때였다.

천장에서 흙이 떨어졌다.

툭. 툭!

본능적으로 설화는 위쪽을 바라봤다.

그곳에서는 여인이 환하게 웃고 있었다.

"나 찾았어요? 사냥감이 더 늘어났네."

"누가 사냥꾼일까요?"

설화가 마주 답했다.

하지만 설화의 가슴은 마구 요동치고 있었다.

지금 위쪽에서는 여인이 천장에 도끼를 박고 거기에 매달려 있었다.

마치 장난치듯 말이다.

설화가 아무렇지 않게 답했던 것은 바로 한빈의 영향을 받았기 때문이었다.

한빈이라면 이쯤에서 미소를 지었을 것이다.

설화는 그리 생각하고 입꼬리를 올렸다.

"청화야, 천장에 파리가 붙었다. 좀 떼어 줄래?"

"네, 언니."

청화가 손을 뻗었다.

순간 청화의 손에서 청색의 기운이 뻗어 나갔다.

그릇에 담겨 있던 독기를 방출한 것이다.

마치 독개구리가 침을 뱉듯이 쭉 뻗어 나간 독기는 눈 깜짝할 사이에 여인을 덮쳤다.

파박!

여인이 천장에 꽂아 놓은 도끼를 잽싸게 뺐다.

바닥으로 빠르게 내려오는 여인.

청화가 다시 손을 뻗었다.

이번에도 독기를 암기처럼 쏘아 낸 것.

바닥에 떨어지는 시간에 맞춰 청화의 독기가 여인을 덮쳤다.

아직 중심도 잡지 않은 상태의 여인은 아무렇지 않게 독기를 쳐 냈다.

팡!

그때였다.

청화가 뿜어낸 독기가 흩어지며 날개를 펼쳤다.

쏴악!

이기어검이 아니라 이기어독이라고 해야 할 수준.

여인은 흥미롭다는 표정으로 청화와 다가오는 날개를 바라봤다.

"사천당가인가? 저 나이에 만천화우의 경지라니! 꽃이 활짝 피기도 전에 꺾이는 걸 누굴 원망할까?"

말을 마친 여인은 도끼를 휘둘렀다.

쏴악!

여인의 도끼질에 청화가 쏘아 낸 독기가 허공으로 흩어졌다.

그 사이를 뚫고 여인이 청화를 향해 달려들었다.

하지만 여인은 멈춰야 했다.

뒤쪽에서 다가오는 미세한 기운을 느꼈기 때문이다.

휘릭!

여인이 몸을 띄워 허공으로 튀어 올랐다.

동시에 도끼를 아래로 뻗었다.

휙!

순간 날카로운 쇳소리가 허공에서 울렸다.

챙!

설화의 우혈랑검과 도끼날이 허공에서 다시 맞닿았다.

순간 청화가 다시 손을 뻗었다.

다시 날아오는 독기를 본 여인이 설화의 우혈랑검을 밀어 냈다.

다시 천장에 도끼를 꽂아 넣은 채 몸을 맡긴 여인이 호쾌하게 웃었다.

"내가 일각 정도는 놀아 드리지요. 이런 고소한 피 맛은 처음이에요."

"나도 놀아 드릴게요, 아줌마!"

설화가 호기롭게 외치자 여인이 피식 웃었다.

"나는 요미라고 해요, 너는?"

"나는 설화라고 해, 요미 아줌마."

설화가 눈을 가늘게 떴다.

그들의 전투를 지켜보던 악비광이 창대를 꼬나 쥐고 마원과 시선을 나누었다.

천천히 고개를 끄덕이는 마원의 모습에 악비광이 입꼬리를 올렸다.

서서히 기세를 피워 내는 악비광.

하지만 마원은 자신의 진짜 기세를 드러낼 수 없었다.

지금 마기를 드러낸다면 아군에게 혼란을 줄 것은 뻔했다.

마원은 마기만은 마지막까지 감출 것을 결심했다.

그들이 천천히 앞으로 걸어가고 있을 때였다.

마휘가 악비광의 소매를 잡았다.

갑자기 마휘가 소매를 잡자 악비광이 고개를 갸웃했다.

"왜 그러십니까?"

"나 좀 도와주게."

마휘가 진지한 표정으로 부탁하자 악비광이 기어들어 가는 목소리로 답했다.

"지금 저희는……."

"자네 둘이 끼게 되면 설화와 청화의 합공에 방해가 되네."

"그게 무슨 말입니까?"

악비광은 발끈했다.

앞에 있는 요미라는 여인이 가공할 만한 실력을 갖추고 있긴 했지만, 자신이 도움도 못 될 만큼 실력 차가 난다는 것은 인정할 수 없었다.

"자네는 저 여인의 도끼질을 보았는가?"

"흠……."

"난 자네의 창이 보이네. 하지만 저 여인의 도끼는 보지 못했다네. 보이지 않는 도끼를 어떻게 막을 텐가?"

마휘가 말하고자 하는 요지는 간단했다.

악비광은 아무 말 없이 마휘를 바라봤다.

마휘가 씩 웃었다.

"이럴 때는 눈이 아니라 머리를 쓰면 된다네. 내가 강호에서 무시당한 적이 없던 이유는 힘이 아니라 바로 이 머리 때문이지."

마휘는 자신의 머리를 가리켰다.

그 모습에 악비광은 반사적으로 고개를 끄덕였다.

무인이 아닌 한 가문을 이끌어야 할 차기 가주로서의 본능이었다.

그 생존 본능이 마음 한쪽을 뒤흔들고 있었다.

"따르겠습니다. 어찌하면 되겠습니까?"

"자, 먼저 죽은 자들의 옷과 병장기를 모아 주게."

마휘가 주변을 가리켰다.

그가 가리키는 곳에는 피 웅덩이가 있었다.

요미라는 여인에게 목숨을 잃은 동창 무사들의 시체 때문이었다.

시체 중 대부분은 반 토막이 나 있었다.

마휘의 생각대로 요미라는 여인은 무사가 아닌 백정이었다.

설화는 주변을 살피며 청화와 협공을 이어 나갔다.

우혈랑검을 뻗은 설화는 이를 악물었다.

설화는 자신이 모시는 한빈에 대한 경외감이 한층 더 두꺼워짐을 느꼈다.

자신을 가지고 노는 듯 대결을 이끌어 나가는 요미 때문이었다.

한빈 옆에 항상 있었던 설화는 이런 경우를 수도 없이 목격했었다.

바로 절대자와의 대결을 말이다.

그럴 때마다 한빈은 이런 상황을 깨뜨려 왔었다.

하지만 막상 그 상황에 서 보니 목숨을 부지하는 것도 기적이었다.

휙!

요미의 날 선 도끼가 날아왔다.

날아왔다기보다는 갑자기 눈앞에 나타났다고 봐야 했다.

구걸십팔보!

설화가 재빨리 뒤로 물러났다.

뒤로 물러난 채 계속 있을 수는 없었다.

합공의 간격을 유지하지 않으면 청화가 위험하기 때문이다.

설화가 다시 물러난 걸음만큼 요미에게 다가섰다.

그때였다.

설화는 마휘의 손짓을 봤다.

설화는 재빨리 청화에게 신호를 보냈다.

그때부터였다.

청화의 몸에서 독기가 미친 듯이 일렁였다.

공독지체의 그릇을 바닥까지 드러낸 것이다.

스르륵!

구름처럼 커지는 청화의 독기.

설화는 우혈랑검을 두 손으로 잡았다.

스스슥.

그녀의 진기가 끊임없이 우혈랑검에 모였다.

우혈랑검이 담아낼 수 없을 만큼의 기운.

이것은 설화가 극성까지 깨달은 파혼검이었다.

상대의 혼을 깨뜨릴 수 있다는 파혼검의 묘리를 담은 우혈
랑검이 부르르 떨었다.

설화와 청화가 자신들의 마지막 절기를 요미를 향해 날렸
다.

쿠아앙!

설화의 파혼검과 청화의 독기가 중앙에서 충돌했다.

쿠아앙!

굉음은 길지 않았다.

서걱!

중간에서 둘의 절기를 받아 낸 요미가 그대로 도끼를 종으로 그었다.

그 한 수에 굉음까지 사라진 것이다.

그때 설화가 요미의 옷자락을 가리켰다.

"그래도 내 검이 닿았네."

"무슨 헛소리를……."

요미가 자신의 옷자락을 보고 고개를 갸웃했다.

옷자락이 피로 물들었기 때문이다.

요미는 적잖게 당황했다.

자신의 피를 본 것은 처음이었다.

눈썹을 꿈틀한 요미가 도끼를 들고는 미친 듯이 설화를 향해 달려왔다.

순간 설화가 극성으로 구걸십팔보를 펼쳤다.

사사 삭!

먼지조차 내지 않고 벽을 타고 달리는 설화.

청화는 재빨리 몸을 숨겼다.

설화는 청화를 확인한 후 계속해서 도망치고 있었다.

그냥 도망치는 것은 아니었다.

시간을 버는 동시에 요미를 어딘가로 유인하는 것이었다.

설화는 자신이 펼친 수법에 당한 상대의 모습에 웃을 수밖에 없었다.

요미는 설화의 파혼검에 당한 것이 아니었다.

설화는 파혼검을 날리는 동시에 적색 물감을 넣어 놓는 작은 주머니를 날렸다.

아무런 살기도 담기지 않은 수법으로 말이다.

그 주머니가 터지며 옷자락에 염료가 묻었던 것.

상대를 도발하려는 속셈이었다.

벽을 타고 달리던 설화의 앞에 천장에 묶여 있는 밧줄 하나가 눈에 들어왔다.

마휘가 가리킨 밧줄이었다.

설화는 재빨리 그 밧줄을 잘랐다.

서걱.

동시에 밧줄을 타고 동창의 무사가 날라왔다.

설화는 재빨리 무사를 피했다.

휙!

하지만 뒤쪽에서 쫓아오는 요미는 무사를 두 동강 냈다.

순간 비릿한 향이 사방에 퍼졌다.

혈향이 아니었다.

그것은 생선 비린내가 주는 역함이었다.

순간 설화의 입꼬리가 올라갔다.

지금 날아온 것은 동창 무사들의 옷을 입힌 기름통이었다.

설화는 뒤를 돌아봤다.

붉은빛을 띤 도끼가 점점 가까워졌다.

설화의 앞에 다섯 개의 밧줄이 나타났다.

서걱!

설화가 밧줄을 끊자 다시 다섯 개의 기름통이 날아왔다.

요미는 그것을 피하고자 몸을 틀었다.

그때였다.

아래쪽에서 불길이 솟아올랐다.

동시에 근처로 다가온 다섯 개의 통이 터졌다.

쿠아앙!

요미를 중심으로 불길이 일렁였다.

불길을 도끼로 베는 요미.

설화는 안도의 한숨을 내쉬었다.

그때였다.

뒤쪽에서 마휘가 외쳤다.

"아직 끝난 게 아니다! 조심해라!"

그 말에 설화는 불타는 요미를 바라봤다.

자세히 보니 요미는 호신강기로 불길을 막고 있었다.

자신의 몸 주변에 기막을 펼쳐, 붙었던 불을 다 끈 것이다.

기막을 넓혀 불길을 잠재우는 요미의 모습에 설화가 우혈랑검을 앞으로 뻗었다.

파혼검을 다시 펼치기 위함이었다.

자세히 보니 상대도 멀쩡하지는 않았다.

여기저기에 그을음이 묻어 있었다.

거기에 다가오는 모습이 힘들어 보였다.

아마도 불길을 잠재우기 위해 적지 않은 내공을 소모한 것 같았다.

어떤 고수도 자연의 위대함 앞에서는 고개를 숙일 수밖에 없는 법이었다.

이것은 한빈이 해 준 이야기.

설화는 뒤쪽을 보며 손짓했다.

"모두 이리 오세요."

그때였다.

그들이 들어왔던 문이 열리며 신선한 공기가 들어왔다.

설화는 자신도 모르게 외쳤다.

"공자님?"

하지만 설화의 얼굴은 바로 경악으로 물들었다.

그곳에서 나온 것은 한빈이 아니었다.

한빈이 막겠다고 했던 조 환관이란 자였다.

순간 설화가 부르르 떨었다.

그것은 분노였다.

설화는 자신도 모르게 바닥의 내공까지 끌어올렸다.

부르르.

우혈랑검이 울렸다.

그와 동시에 설화의 단전도 따라서 떨었다.

한계를 넘어선 것이다.

이번 한 수에 설화는 자신의 모든 것을 건 것이다.

설화가 파혼검을 펼치려 할 때였다.

갑자기 요미가 눈앞에서 사라졌다.

사삭.

요미가 다시 나타나는 것은 스무 걸음 넘게 떨어진 벽 쪽이었다.

요미는 조 환관이 안고 있었다.

조 환관은 씩 웃으며 요미를 바닥에 내려놨다.

"사매인가? 처음 보는군."

"동창에 침입했다는 조 사형이군요."

"일단 이것부터 먹고 내력을 회복하게, 사매."

조 환관은 호리병에서 환약 하나를 꺼냈다.

요미가 그것을 받아 들려 하자, 조 환관은 손을 비틀었다.

조 환관은 바로 요미의 입에 환약을 넣었다.

그러고는 요미의 입을 막았다.

마치 사양하는 사매를 위한 행동같이 보이기도 했다.

조 환관이 다정한 목소리로 말했다.

"사양 말게. 이건 내 선물이라네, 사매."

꿀꺽!

환약을 삼킨 요미가 입을 열었다.

"생각보다 시간이 오래 걸렸군요."

"주군은 무사하시다네. 그러니 걱정하지 말게."

"주군이라고요?"

"우리가 모셔야 할 주군을 만났다네."

"혹시 배신을……? 남해천왕 쪽에 붙었단 말인가요?"

"아니네. 내가 모시기로 한 분은 사람이 아니야. 신에 가까운 존재지. 우리가 찾던 진정한 신일지도 모른다네."

조 환관은 눈을 반짝였다.

순간 멀리서 그 광경을 보고 있던 설화가 우혈랑검을 떨어뜨렸다.

그들의 대화에서 희망을 잃었기 때문이었다.

조 환관은 분명히 한빈을 해치운 후 여기에 온 것이 확실했다.

거기에 조 환관보다 더 강한 자가 나타났다니!

요미에 조 환관만 해도 지금의 상황은 절망적이었다.

그런데 조 환관의 주군이라고?

뒤쪽에서 상황을 지휘하던 마휘는 횃불을 들었다.

마지막으로 숨겨 놓은 한 수를 실행하기 위해서였다.

바로 동귀어진의 수법이었다.

환관들이 이곳에 몰아넣은 기름통을 한 번에 터뜨리는 것.

그렇다면 요미뿐 아니라 조 환관도 세상에서 지울 수 있을 것이다.

물론 여기에 있는 모두가 세상에서 사라질 테지만.

지금 아쉬운 것은 주군인 독고진을 구할 수 없다는 것이었다.

산동악가의 소가주 그리고 하북팽가의 사 공자 거기에 사도련의 군사까지!

무림의 주요 인물이 순식간에 사라질 판이었다.

거기에 불광사에 있는 무림과 황실의 주요 인사도 무사하지 못할 터.

자신이 눈을 감은 후 강호는 어떻게 변할까?

마휘는 여기까지 생각하고 있었다.

그때였다.

조 환관이 천천히 걸어왔다.

터벅터벅.

일부러 내공을 실은 것만 같았다.

다가오는 것은 조 환관이 아니라 마휘를 비롯한 모든 이의 죽음이었다.

조 환관이 그들에게는 저승사자라는 것은 누구도 부인할 수 없었다.

조 환관이 설화의 앞에 다가왔을 때였다.

입술을 깨무는 설화를 본 마휘는 천천히 횃불을 들었다.

이제 동귀어진을 선택할 수밖에 없었기 때문이다.

막 기름에 불을 붙이려고 할 때.

화들짝 놀란 마휘가 재빨리 횃불을 거두었다.

조 환관이 설화에게 손을 내밀었기 때문이다.

그 모습에 마휘의 머릿속에서는 회오리가 몰아쳤다.

마구 정보가 섞이며 여러 가지 가능성을 떠올렸지만, 그 어떤 정보도 지금의 상황에 맞지 않았다.

마휘뿐만이 아니었다.

악비광과 마원도 고개를 갸웃했다.

가장 놀란 것은 설화였다.

자신에게 손을 내민 조 환관의 표정 때문이었다.

그는 마치 미안한 듯한 얼굴을 하고 있었다.

설화가 물었다.

"뭐죠?"

"몸은 괜찮소?"

"지금 그걸 나한테 묻는 건가요?"

"일단 진정하시오. 같은 주군을 모시는 자로서 인사드리겠소. 조지웅이라고 하오. 당분간은 조 환관이라 불러도 좋소. 물론 이제 진짜 환관은 아니지만 말이오. 하하하."

조 환관이 넋 나간 사람처럼 웃었다.

설화는 조 환관과 요미를 번갈아 봤다.

둘이 공통점이 있다면 그것은 미쳤다는 점일 것이다.

물론 곱게 미치지 않았다는 세부적인 공통점도 있었다.

설화는 다시 고개를 갸웃했다.

당황한 것은 자신만이 아니라는 것을 알았기 때문이다.

멀리 떨어져 가부좌 자세를 취하고 있던 요미가 표정을 일그러뜨리고 있었다.

가부좌를 푼 요미가 도끼를 들고 달려오더니 조 환관에게 겨누었다.

갑작스러운 상황에 반응할 수 있는 사람은 아무도 없었다.

설화는 뒤로 물러나 그들을 지켜볼 수밖에 없었다.

지금 상황만 보면 내분이 일어난 것이 분명했다.

도끼를 치켜들고 조 환관을 노려보던 요미가 물었다.

"내게 멀 먹인 것이냐?"

"워워. 진정하시게, 사매. 내가 먹인 것은 혈고라네. 자네 머리에 들어 있는 게 음고, 내 머리에 들어 있는 건 양고. 아니 반대인가? 그게 중요한 게 아니지. 내가 죽으면 사매도 죽는다는 것이 중요하지."

"대, 대체 무슨 짓을?"

"주군이 먹으라면 먹고 뱉으라면 뱉을 뿐이네."

"내 네놈을……."

요미가 말을 잇지 못했다.

조 환관이 자신의 머리에 검지를 슬며시 갖다 댔다.

"내게 덤비면 바로 이런 일이 일어나지."

조 환관이 진기를 자신의 관자놀이에 흘려보냈다.

순간적으로 조 환관의 얼굴이 악귀처럼 일그러졌다.

극한의 고통을 느끼고 있는 모습이었다.

자세히 보니 요미는 더한 고통을 느끼는 것 같았다.

덜덜 떨면서 입술 사이로 핏물을 흘리고 있었다.

고통에 혀를 깨문 것이다.

조 환관이 검지를 관자놀이에서 뗐다.

"음고와 양고는 이렇게 소통한다네. 내가 고통을 받으면 사매도 고통을 받고, 내가 죽으면 사매도 죽는 것이지. 모든 것이 주군의 뜻이라네."

"미, 미친놈. 대체 주군이란 게 누구길래 배신한 것이냐?"

"세상은 그분을 진룡이라 부르기도 하고 생불이라고 부르기도 하지. 하지만 그분의 진짜 본모습을 본 자는 몇 안 된다네. 하하하."

미친 듯이 웃는 조 환관.

요미가 부르르 몸을 떨었다.

그 모습에 조 환관이 말을 이었다.

"사매와 난 한배를 탔네. 우리 주군의 배를 말이야. 하하."

"네놈을 그냥 두지 않겠……."

"그냥 두지 않으면? 나는 이미 고통에 익숙하지. 사매는 내가 당한 고통의 십 분지 일도 못 느꼈을걸!"

"그게 무슨 말이지?"

"사매는 거세당해 본 적 있나? 하하."

말도 안 되는 질문을 던지며 다시 웃는 조 환관.

그 모습을 지켜보던 설화가 한 걸음 더 뒤로 물러났다.

이건 한마디로 미친놈과 미친놈의 대결이었다.

뒤로 물러나던 설화가 눈을 가늘게 떴다.

그들의 대화 중 익숙한 단어가 있었기 때문이다.

진룡이나 생불은 한빈을 뜻하는 것이 아니던가?

그럼 조 환관이 말한 주군이란 게?

설화의 눈이 한없이 커졌다.

설화는 재빨리 고개를 돌려 손짓했다.

횃불을 내려놓고 모이라는 신호였다.

설화는 그들에게 구체적인 상황을 알아보겠다고 전하고 조 환관과 요미에게 다가갔다.

둘은 계속해서 눈싸움을 이어 가고 있었다.

설화가 은밀한 목소리로 물었다.

"환관 아저씨, 지금 말한 주군이 혹시 우리 공자님이에요?"

"하하. 그분이 아니면 누가 저의 주군이 되겠습니까? 일단 잠시만 기다리시죠. 제가 사매를 길들인 후 자세히 설명하겠습니다."

말을 마친 조 환관은 자신의 관자놀이에 다시 한번 진기를 흘려보냈다.

순간 마주 선 요미가 비명을 토해 냈다.

"이런 개같은……!"

그녀는 말을 잇지 못하고 거품을 물었다.

조 환관은 같은 행동을 반복했다.

옆에서 보던 설화도 정말 기가 찰 노릇이었다.

경천동지할 고수 하나가 저렇게 조련당하는 모습에 인생 무상이 느껴질 정도였다.

잠시 후.

조 환관은 자리에서 일어났다.

그의 눈짓 한 번에 요미가 불광사로 통하는 문을 열었다.

조 환관은 동창의 수장을 불렀다.

조 환관의 앞에 선 동창의 수장은 부복했다.

멀리서나마 조 환관이 도끼 든 여인을 어떻게 다루었는지를 봤기 때문이었다.

그들의 머릿속에 조 환관의 진짜 신분 따위는 중요한 것이 아니었다.

조 환관은 자신을 구한 영웅이었다.

조 환관의 명에 따라 그들은 다친 동료를 치료하고 숨을 거둔 동료의 시체를 수습했다.

조 환관은 그들에게 모든 것이 주군의 뜻이라고 말했다.

물론 동창의 무사들은 주군을 남해천왕이라고 해석했다.

조 환관은 동창의 수장에게 이곳을 정리하라 명한 후 설화 일행의 뒤를 따랐다.

뒤쪽에서는 엄숙한 분위기 속에서도 함성이 들려왔다.

"우리의 목숨은!"

"조 환관님을 위해! 그리고 주군을 위해!"

그들의 외침에 조 환관이 미소 지었다.

그 미소를 본 설화는 묘한 섬뜩함을 느꼈다.

설화는 한빈이 빨리 보고 싶었다.

절세 고수 둘을 세뇌한 그 방법을 알고 싶었다.

같은 시각 한빈은 바위에 쓰러져 있는 남해천왕을 발견했다.

그 옆에는 적귀도 나란히 쓰러져 있었다.

그들은 한빈이 다가오는지도 모르고 대화를 나누고 있었다.

남해천왕은 입가에 고인 핏물을 뱉어 낸 후 작은 목소리로 말을 이었다.

"적귀, 미안하오."

"뭐가 미안하단 말이에요?"

"당신의 이름을 불러 주지 못해 미안하오."

"대신 내 별호를 불러 줬잖아요."

"당신에게 진심을 말하지 못한 것도 미안하오."

"대신 평생 내 곁에 있어 줬잖아요, 왕야."

"내가 당신의 곁에 머문 것이 아니라 당신이 내 곁에 머물 렀잖소. 만약에 여기서 살아 나간다면……."

"살아 나가면요?"

"당신과……."

남해천왕은 말을 잇지 못했다.

어디서 많이 본 얼굴이 눈앞에 나타났기 때문이다.

"괜찮으신가요?"

남해천왕이 멍하니 상대를 바라봤다.

얼굴을 내민 이는 다름 아닌 한빈이었기 때문이다.

남해천왕이 표정을 수습하고 물었다.

"자네가 어떻게 여기에?"

"걱정돼서 와 봤습니다. 누구한테 당하신 겁니까?"

"얼굴도 못 봤다네. 내 눈으로는 그자가 던지는 암기를 좇 기 부족했다네."

"흠."

"다행인 것은 그자가 여길 떠났다는 점이네. 우리는 놔두 고 여길 피하게."

"제가 왜 피합니까?"

"그자가 다시 이곳으로 오면 자네도 무사하지 못할 것이 네."

"그건 왕야의 오해입니다."

"그럼 그자가 이곳으로 오지 않는다는 말인가?"

"그게 아니라 이곳에 아직 있을 겁니다. 미끼를 던져 놓고 자리를 뜨는 강태공은 없을 테니까요."

"미끼라고……."

"왕야와 적귀 선배가 미끼죠."

말을 마친 한빈은 조용히 어둠 속을 바라봤다.

어둠 속을 바라보던 한빈이 슬그머니 입꼬리를 올렸다.

"이게 웬 떡이냐? 노다지가 따로 없군."

"그게 무슨 말인가?"

"그럴 일이 있습니다."

한빈은 손을 털며 자리에서 일어났다.

그러고는 깜빡했다는 듯 자신이 메고 온 보따리 안을 살폈다.

손을 넣어서 보따리를 뒤적거리던 한빈은 환약 하나를 꺼냈다.

환약을 한 번 더 확인한 한빈은 그것을 남해천왕에게 건넸다.

"딱 하나 남은 영약입니다. 이거면 최소한 출혈은 멈출 겁니다. 적귀 선배와 나눠 드십시오."

"무슨 약인가? 기사회생의 묘약이 아니라면 우리를 구할 수 없을 것이네."

"그 정도는 아니지만, 하루 정도는 버티실 수 있을 겁니다. 그 후에는 제가 치료해 드릴 수 있습니다."

한빈의 말은 진심이었다.

하루가 끝나면 기사회생을 한 번 더 쓸 수 있었다.

한빈의 평온한 눈빛에 남해천왕이 고개를 끄덕였다.

남해천왕과 시선을 교환한 한빈은 월아를 들었다.

한빈이 자리에서 일어서자, 남해천왕은 환약을 반으로 쪼개 적귀와 나누었다.

입에 넣은 순간 남해천왕은 이를 악물었다.

목구멍으로 넘어가는 순간 극양진기가 휘몰아쳤기 때문이다.

남해천왕은 적귀와 함께 가부좌를 틀었다.

그때 한빈이 천천히 앞으로 나아갔다.

한빈은 어둠 속을 보며 외쳤다.

"어서 나오시지!"

"……."

하지만 어둠 속에서는 아무런 답이 없었다.

한빈은 앞으로 한 걸음 더 나아갔다.

순간 뒤쪽에서 지켜보던 남해천왕이 외쳤다.

"암기를 조심하게!"

그와 동시에 바람을 가르는 소리가 들려왔다.

휙!

한빈은 재빨리 손을 뻗었다.

조용히 입꼬리를 올리는 한빈의 검지와 중지 사이에는 갈대 하나가 들려 있었다.

한빈은 갈대를 손으로 쓰다듬었다.

그러고는 입에 물었다.

"독도 없는 갈대를 이 정도로 쏴 대다니……. 사천당가의 가주님도 울고 갈 실력이군요."

"……."

하지만 상대 쪽에서는 아무 말도 없었다.

이상한 것은 한빈이 항상 같은 곳을 보고 있다는 점이었다.

뒤쪽에서 보던 남해천왕은 한빈의 행동이 이해되지 않았다.

그것도 잠시, 남해천왕은 뒤쪽을 바라봤다.

그는 자신이 기대 있던 바위를 만졌다.

순간 남해천왕의 눈이 보름달처럼 커졌다.

그제야 자신의 목숨을 위협하던 암기의 정체를 발견했기 때문이다.

그 암기의 정체는 다름 아닌 갈대였다.

남해천왕은 자신이 눈으로 좇지 못했던 암기가 갈대라고는 생각지도 못했었다.

한빈의 모습을 보고 그제야 자신을 스쳐 뒤쪽에 박힌 암기를 확인했던 것이다.

남해천왕은 놀란 듯 어둠 속을 바라봤다.

남해를 누비고 다니며 해적의 목을 베었던 자신이었다.

그런데 이토록 무력하게 갈대에 당했다고?

그렇다면 지금 어둠 속으로 향하는 것은 적에게 목을 들이미는 꼴이나 다름없었다.

남해천왕은 신음을 흘리며 일어났다.

"팽 공자, 그만하게."

"저는 괜찮습니다."

말을 마친 한빈은 수풀 속으로 걸어갔다.

사실 한빈은 눈을 감고도 상대를 찾을 수 있었다.

아니, 어떤 방식으로 몸을 숨겨도 한빈은 적을 찾을 수밖에 없었다.

별빛보다 반짝이는 천외천급 구결을 어떻게 놓칠 수 있겠는가?

이것이야말로 숲속에 차려진 잔칫상이었다.

이제 그 상 위에 젓가락만 대면 되었다.

그때였다.

쉭, 쉭!

앞쪽에서 강렬한 기세가 몰아쳐 왔다.

한빈은 월아를 천천히 들어 올렸다.

휙!

그것도 잠시, 한빈은 다시 월아를 내렸다.

휘릭!

그 속도가 너무 느려서 검무를 추는 듯 보일 정도였다.

희미한 달빛에 기대어 추는 검무.

사실 검무를 추는 듯 보였지만, 한빈은 그 어느 때보다 치열하게 검을 놀리고 있었다.

상대는 지금 한 번에 수십 개의 갈대를 쏘아 내고 있었다.

재미있는 것은 상대가 쏘아 내는 갈대가 소리도 없이 다가온다는 점이었다.

거기에 날아오는 도중 속도 변화는 덤이었다.

한빈의 아래에 갈대가 쌓여 갔다.

점점 쌓여 가는 갈대에도 한빈은 당황하지 않았다.

한빈이 두려워하는 것은 어둠 속에서 빛나는 구결의 흔적이 사라지는 일이었다.

그때였다.

어둠 속에서 하얀 무복의 사내가 천천히 걸어 나왔다.

흰색 무복 덕분에 그의 용모가 눈에 띌 정도였다.

달빛 때문인지는 몰라도 꼭 옥을 깎아 놓은 듯한 용모였다.

거기에 머리는 정갈하게 묶어 뒤로 넘겼다.

자칫 잘못하면 사내가 아니라 여인이라 착각할 정도였다.

한빈은 고개를 돌려 그의 팔을 바라봤다.

순간 한빈은 눈을 가늘게 떴다.

무복의 한쪽 팔이 휑한 것이, 살랑거리는 바람에 날리고 있었다.

그는 한쪽 팔이 없었다.

한쪽 팔로 갈대를 암기처럼 날렸다고?

한빈은 상대의 무위를 믿을 수 없었다.

하지만 외팔이 사내가 자신에게 암기를 날린 것이 분명했다.

그 증거로 외팔이 사내의 몸에는 구결의 흔적이 일렁이고 있었다.

외팔이 고수라?

한빈은 전생의 기억을 더듬어 봤다.

역시나 한빈의 기억 속에 그 사내에 대한 정보는 없었다.

그렇다면 자신이 겪어 보지 못한 인물이라는 것이었다.

백경의 선주가 아닌 고수라?

한빈은 그의 앞으로 천천히 나아갔다.

사실 한빈이 그에게 얻을 것은 구결만이 아니었다.

그의 내력에 대해서도 알아내야 했다.

조 환관의 말에 따르면, 그는 조 환관의 사형일 가능성이 컸다.

사형과 사제 사이라는 것은 같은 자를 사부로 모시고 있다는 것.

문제는 그들의 문파가 철저한 점조직이라는 것이었다.

사형제끼리도 서로 알아보지 못하며, 사부의 정체조차 정확히 알지 못한다.

거기에 그들은 무림삼존을 넘어서는 무공을 지니고 있다.

이런 자들이 강호에 흩어져 있다고 생각하면 소름이 돋을 정도였다.

여태껏 강호가 망하지 않고 버텨 온 것만 해도 신기했다.

모두가 떠받드는 구파일방과 천하 무림세가가 그들의 손짓 하나로 무너질 수도 있었다.

물론 한빈 자신도 예외는 아니었다.

이번 대결에서 살아남지 못하면 이제껏 모아 왔던 구결이 무슨 소용이 있겠는가?

한빈은 손을 들었다.

상대가 눈을 빛냈지만, 대응하지는 않았다.

한빈은 등에 짊어진 보따리를 아무렇지 않게 옆으로 던졌다.

그것은 설화가 들고 다니는 보따리였다.

"조금 무거워서요. 원래 고수와 한바탕하려면 무게를 줄이는 게 순서인 것 같습니다."

"……."

그는 아무 말 없이 한빈을 훑어봤다.

한빈은 그의 시선에 웃었다.

기분 나쁜 웃음이 아니라 호의가 담긴 웃음이었다.

"얼굴 뚫어지겠습니다. 나는 하북에서 온 팽한빈이라고 합니다. 그대의 존성대명을 물어봐도 될는지요."

한빈의 말투나 행동 모두 공손했다.

그는 먼 나라에서 온 신기한 물건을 보듯이 한빈을 살폈다.

한참을 살피던 그가 입을 열었다.

"나는 호조(虎爪)라 하네."

"호조 대협이시군요. 그런데 여기는 무슨 일이신지요?"

"사람 몇을 지우기 위해서 왔네."

"딱 몇 명뿐입니까?"

한빈은 힐끔 뒤를 돌아봤다.

그곳에는 남해천왕과 적귀가 있었다.

사실 한빈이 가리킨 것은 그들이 아니었다.

남해천왕이 기댄 바위 뒤에는 어렴풋이 불광사가 보였다.

한빈이 말한 것은 불광사에 있는 무림인을 말하는 것이었다.

호조가 슬쩍 입꼬리를 올렸다.

"그들은 내 알 바가 아니네. 내가 지시받은 것은 남해천왕과 적귀의 목뿐이네."

"그럼 제 목도 원치 않는다는 말씀이신가요?"

"놀아 주고 싶긴 하지만, 괜한 힘을 쓸 필요는 없네. 지금 떠난다면 자네를 살려 주지."

"생각보다 신기한 분이군요."

"뭐가 신기하다는 것인가?"

"목격자는 없애는 것이 강호의 규칙 아닌가요?"

"자네가 쓸모없는 목격자라는 걸세."

"쓸모가 없다고요?"

한빈이 상대를 기분 나쁜 표정으로 바라봤다.

상대가 그럴 줄 알았다는 듯 고개를 끄덕이며 말했다.

"아니, 쓸모가 있다고 봐야 할까?"

"어떤 면에서 쓸모가 있을까요?"

"남해천왕을 죽인 살인자?"

"제가요?"

"증거는 차고 넘치지. 발아래를 보게."

말을 마친 호조는 아래쪽을 가리켰다.

그곳에는 한빈의 옷자락이 떨어져 있었다.

한빈은 씩 웃었다.

"저 옷자락이 증거라는 말입니까? 그렇지만 제가 왕야를 죽일 이유가 없잖습니까?"

"증거는 만들면 되지. 자네뿐 아니라 오늘 밤이 지나면 자네의 가문인 하북팽가도 강호에서 사라질 것일세."

"그렇습니까?"

"전혀 놀라지 않는다니. 역시 진룡이란 이름답군. 껄껄."

호조가 하얀 이를 드러내며 웃었다.

이를 보이며 웃었지만 그리 경박해 보이지는 않았다.

도리어 신선처럼 보이기도 했다.

한빈은 한 발 앞으로 나아갔다.

"여기까지의 이야기로 추측해 보면, 황궁에 심어 놓은 사람이 아직도 많다는 말로 들리는군요. 그 권세로 무림을 휘저을 수도 있고요. 아닌가요?"

"비슷하군."

"대체 이유가 뭐죠?"

한빈이 고개를 갸웃하자 호조가 눈을 빛냈다.

"그걸 듣고 싶나?"

"궁금하지도 않습니다."

한빈이 고개를 저었다.

그 모습에 호조가 처음으로 미간을 좁혔다.

"그런데 왜 물어봤나?"

"시간을 끌려고 물어봤습니다."

"시간을 끈다고?"

호조가 고개를 갸웃할 때였다.

한빈이 호조를 향해 월아를 겨눴다.

호조는 그 모습에 콧방귀를 뀌었다.

"이런 얄팍한 수로 나를 어찌할 수 있다고 생각하나."

"그거야 두고 보면 알겠죠."

한빈이 월아를 뻗자 호조가 검을 빼 들었다.

얼마나 빠른지 원래부터 검이 손안에 있던 것처럼 보였다.

검을 맞댄 한빈은 숫자를 세기 시작했다.

"하나, 둘……."

한빈의 난데없는 행동에 호조가 고개를 갸웃했다.

그때였다.

갑자기 한빈이 던져 놨던 보따리에서 굉음이 울려 퍼졌다.

쾅!

순간 보따리를 중심으로 흙먼지가 피어올랐다.

그 틈을 타 한빈이 몸을 날렸다.

'일촉즉발.'

'전광석화.'

월아가 화살처럼 먼지구름을 향해 달려갔다.

이것이 한빈의 첫 번째 계획이었다.

한빈은 오는 길에 폭약 몇 개를 보따리에 담았다.

그 후 심지를 둘둘 말아 시간을 조절했고 말이다.

심지에 불을 붙인 것은 남해천왕에게 환약을 건넨 후였다.

물론 자신에게 해가 갈 정도의 폭약은 아니었다.

그러니 상대도 이 정도 폭약에 쓰러지지는 않을 것이 분명
했다.

다만 상대의 평정심은 제법 흩트려 놓았을 터.

월아가 일렁이는 구결의 흔적을 향해 날아갔다.

물론 호조 역시 만만치 않았다.

그의 검은 바로 월아를 따라붙었다.

챙.

한 번의 검격 이후에 다시 주변은 잠잠해졌다.

한빈과 호조를 덮었던 흙먼지가 걷혔다.

최후의 한 수

한빈은 호조와 다섯 걸음 정도 떨어진 채 서로를 바라보고
있었다.

그들의 발아래로는 불씨가 여기저기 흘러 다녔다.

주변에 불이 붙기 시작한 것이다.

화르륵.

순간 암흑 같았던 주변이 점점 환해졌다.

호조가 눈을 가늘게 떴다.

"버르장머리 없는 놈 같으니라고."

말을 마친 호조는 외투를 벗어 던졌다.

순간 한빈은 눈을 가늘게 떴다.

상대는 피풍의를 입고 있었다.

피풍의란 바람이나 비를 막기 위한 겉옷.

그런데 그가 입고 있던 피풍의의 재질이 불에 타지 않는 가죽이었다.

그 말은 상대가 현재 상황에 대비하고 있다는 점이었다.

가죽으로 된 피풍의의 겉면에는 흙먼지가 잔뜩 묻어 있었다.

생각해 보면 처음 마주했을 때 그는 피풍의를 걸치고 있지 않았었다.

즉, 가장 무서운 점은 한빈이 못 본 사이에 상대가 피풍의를 걸쳤다는 것이다.

한 손으로 검을 쥐고 있었는데, 어떻게?

이쯤 되자 한빈은 상대의 속도를 인정할 수밖에 없었다.

상대는 아마도 천하제일의 쾌검일 것이다.

한 발 뒤로 물러선 한빈은 마른침을 삼켰다.

그때 호조가 한 발 앞으로 나왔다.

"오늘 네게 하늘이 무엇인지를 알려 주마."

"죄송하지만, 제가 심기를 불편하게 해 드렸나 보군요."

"대체 무슨 말을 하는 거지?"

"설마 제가 메고 다니던 보따리에 저런 사악한 벽련탄을 넣었겠습니까?"

말을 마친 한빈은 보따리를 가리켰다.

그 말에 호조가 눈매를 좁혔다.

그때였다.

한빈이 다시 한번 월아를 들었다.

월아가 눈 깜짝할 사이에 호조의 가슴을 향했다.

휙!

월아는 마치 달빛과도 같았다.

눈으로는 좇을 수 없는 빠름.

챙.

호조가 검을 들어 막았다.

불똥이 튀며 호조가 하얀 이를 드러냈다.

순간 아래쪽에서 느껴지는 살기.

한빈은 재빨리 왼손을 들었다.

한빈의 왼손에는 만월이 들려 있었다.

캉!

쇳소리가 울리는 동시에, 한빈은 알 수 없는 반탄력에 뒤로 물러나야 했다.

한빈은 이번에도 상대의 쾌검을 확인하지 못했다.

묘한 일이었다.

용린검법을 얻은 후 속도에서만큼은 누구에게도 뒤지지 않을 자신이 있었다.

그런데 자신이 상대의 공격을 확인하지 못했다고?

그런 일은 있을 수 없었다.

그때 호조가 입을 열었다.

"당황하는 모습이군."

"제가 이해가 안 되는 부분이 있어서요."

"오호, 아직 말할 힘이 남아 있군. 역시 소문대로야……."

호조는 말끝을 흐렸다.

순간 호조의 검이 한빈을 향했다.

휙!

일도양단의 기세로 한빈의 정수리를 향해서 날아오는 호조의 검.

순간 한빈은 몸을 틀었다.

아래쪽에서 암기가 날아왔기 때문이었다.

남해천왕을 구석까지 몰아넣었던 갈대였다.

갈대는 암기가 되어 하체를 노리는 동시에 검은 정수리로 내려오는 상황.

외팔이 검객이 동시에 펼칠 수 없는 초식이라서 한빈은 더욱 당황스러웠다.

한빈은 허공에서 몸을 틀어야 했다.

허공에서 몸을 튼 뒤 월아로 호조의 검을 막아 냈다.

챙!

순간 허공에서 불똥이 튀었다.

상대의 힘에 한빈이 스르륵 하고 바닥에서 미끄러졌다.

월아의 검날에서 타는 냄새가 진동했다.

바로 지금의 격돌 때문이었다.

월아를 살피는 한빈을 본 호조가 한 발 앞으로 나왔다.

"너무 느리군."

"흠, 내가 느린 게 아니라 당신이 빠른 것입니다."

한빈이 조용히 호조의 검을 가리켰다.

호조가 만족한 듯 고개를 끄덕였다.

한빈의 말은 진심이었다.

호조라는 이름에 한빈은 그의 암기술이 호랑이의 발톱과 비슷하다고 생각했다.

하지만 그것은 착각이었다.

그의 검이 호랑이의 발톱과 비슷했다.

빠르면서도 상상도 할 수 없을 만큼의 묵직함이 느껴졌다.

본래 저렇게 빠르면 묵직함은 포기해야 정상이었다.

그런데 호조의 검은 두 개의 장점을 동시에 가지고 있었다.

한빈은 뒤를 힐끔 바라봤다.

남해천왕과 적귀를 확인하기 위해서였다.

역시나 황실의 숨겨진 검답게 남해천왕은 눈치가 빨랐다.

자신이 도움이 되지 못한다는 것을 알고 기회를 틈타 모습을 감춘 것이다.

여기서 기회란 방금 일어난 한 번의 폭발을 말함이었다.

사라진 남해천왕은 어디에 있을까?

그는 멀리 떨어진 수풀 속에서 한빈과 호조의 대결을 바라
보고 있었다.

남해천왕은 자신의 목숨이 한빈에게 달려 있다고 생각했
다.

지금의 상태로 병력이 있는 곳까지 이동하는 것은 불가능
했다.

아마 한빈이 여기서 쓰러지면 적은 흔적을 쫓아 달려와 자
신의 숨통을 끊을 것이다.

남해천왕은 일단 멀리 떨어진 곳에 숨어 한빈을 지켜보기
로 했다.

그들의 대결을 지켜보던 남해천왕은 자신도 모르게 적귀
를 바라봤다.

시선이 마주친 적귀가 고개를 끄덕였다.

그녀의 마음도 남해천왕과 마찬가지였다.

적귀는 태어나서 한 번도 저런 싸움을 목격한 적이 없었
다.

적귀가 놀란 것은 그들의 무력 때문이 아니었다.

바로 한빈의 끈질김 때문이었다.

한빈은 사냥개처럼 호조에게 달려들고 있었다.

그때마다 호조는 아무렇지 않게 한빈의 검격을 가볍게 쳐
내고 있었다.

그뿐이 아니었다.

대결이 지속될수록 한빈의 무복은 너덜너덜해졌다.

그들은 화려한 초식을 보여 주지도 않았다.

종으로 긋고 횡으로 베어 내는 기초적인 검술만을 쓰고 있었다.

이런 단조로운 공격과 방어는 한빈이나 호조나 마찬가지였다.

다만 차이점이라고는 호조의 검이 조금이나마 빠르다는 것이었다.

적귀는 그것이 이해가 되지 않았다.

적귀는 한빈이 입는 상처가 어떤 공격에 의한 것인지를 볼 수 없었다.

아무리 생각해도 상대의 무공은 이해할 수 없었다.

불 수 없는데 어떻게 막을 수 있을까?

그런 면에서 이번 승부는 벌써 결정 났다고 할 수 있었다.

그때 남해천왕이 손짓했다.

"먼저 가시오. 팽 공자가 당하면 내가 여길 막으리다."

"그냥 여기 있을게요."

"무슨 말이오?"

"이제까지 살면서 소원이란 게 없었는데, 지금 막 생겼어요."

"무슨 소원이요?"

"이 싸움, 끝까지 보고 싶네요."

말을 마친 적귀가 고개를 돌렸다.

그곳에서는 한빈과 호조가 치열하게 검을 나누고 있었다.

한빈은 집요하게 호조를 따라다녔다.

급소는 내주지 않았지만, 한빈은 잔상처를 제법 입은 상태였다.

그 결과 이곳에 오기 전 갈아입은 무복이 너덜너덜해졌다.

순간 여기저기서 드러나는 상처.

바로 조 환관과의 대결에서 입은 검상이었다.

그 상처를 본 호조가 말했다.

"나보다 먼저 자넬 찾은 손님이 있었군."

"누군지 안 궁금하십니까?"

"자네를 이렇게 만들 자라면 아마도 내 사제들밖에 없겠지."

"검뿐 아니라 머리까지 빠르시군요."

"칭찬으로 듣겠네."

"그럼 마저 쾌검을 감상하도록 하죠."

말을 마친 한빈은 다시 호조에게 달려들었다.

파바닥.

세 걸음.

두 걸음.

이제 검 끝이 호조의 목에 다다랐을 때였다.

그때까지도 호조는 움직이지 않았다.

한빈은 상대가 자신을 장난감 삼아 놀고 있다는 생각마저 들었다.

순간 다시 아래쪽에서 살기가 뻗어 나왔다.

슝!

다시 내리꽂히는 상대의 검격.

아래쪽에서 다가오는 암기는 무시하고 한빈은 월아를 상대의 목 쪽으로 향했다.

휙!

순간 상대가 몸을 돌렸다.

어찌 보면 처음으로 반응을 보인 것이다.

그때 상대의 암기가 한빈의 허벅지를 스치고 지나갔다.

스륵.

동시에 한빈은 중심을 잃었다.

고개가 아래로 향한 한빈.

상대는 그 기회를 놓치지 않았다.

그는 장작을 패듯 아무런 기술 없이 검을 아래로 꽂았다.

부웅!

파공성이 한빈과 호조의 공간을 나누었다.

순간 한빈은 눈을 크게 떴다.

중심을 잃고 고개를 떨구고 보니 호조의 그림자가 이상했던 것이었다.

앞에서 보기에 분명 그는 외팔이였다.

그런데 그림자로 보니 왼팔이 멀쩡히 있었다.

대체 어떻게 된 것일까?

한빈은 휘청이면서도 계속 머리를 굴렸다.

한빈은 그제야 호조의 말도 안 되는 쾌검이 이해가 되었다.

한빈은 재빨리 몸을 날렸다.

'일촉즉발!'

'성동격서!'

'부창부수!'

한빈은 월아를 곧바로 뻗은 상태로 호조를 향해 다가갔다.

한빈의 월아가 향하는 곳은 호조의 허벅지.

하지만 한빈의 검은 하나가 아니었다.

바로 왼손에 만월이 있었던 것.

이번 공격에서 월아는 허초였고 만월이 실초였다.

바로 허허실실의 전법.

허벅지로 향하는 월아가 달빛에 번쩍이자, 호조는 그의 검으로 아무렇지 않게 월아를 쳐 냈다.

챙!

그와 동시에 한빈의 만월이 호조의 목을 노리고 날아들었다.

순간 호조의 눈이 보름달만 하게 커졌다.

분명히 목을 기울여 피했는데 피한 자리로 단검이 쫓아왔기 때문이었다.

이것이 용린검법 중 성동격서의 묘리라는 것을 그는 알 수 없었다.

캉!

날카로운 쇳소리가 밤하늘에 울려 퍼졌다.

순간 한빈이 뒤로 주르륵 물러났다.

누가 봐도 한빈의 회심의 일격이 빗나간 상황.

하지만 한빈은 입꼬리를 올렸다.

"늑대인 줄 알았더니 여우였군요. 대단합니다, 대단해."

"흐흐. 내가 강호에서 내 온전한 모습을 보여 주게 될 줄은 몰랐군. 강호에는 기인이사가 셀 수 없다더니 사실이었어."

호조는 활짝 웃었다.

달빛은 환하게 웃는 그를 비추고 있었다.

호조는 이전과 분명히 달라져 있었다.

바로 왼팔로 검 하나를 더 들고 있었다.

이것이 바로 호조의 비밀이었다.

호조는 처음부터 온전한 몸이었지만, 팔 하나를 잃은 척하면서 상대를 방심시켰다.

지금 호조가 입고 있는 옷은 한쪽 팔을 숨기기 최적화된 복장이었다.

호조는 한쪽 팔을 숨기고 그 팔로 실초를 날렸던 것.

오른팔로 전개한 모든 수법은 허초에 불과했다.

그것을 한빈이 똑같은 수법으로 갚아 준 것이다.

멀리서 그들의 대결을 보고 있던 적귀는 한숨을 내쉬었다.
"우리가 팽 공자에게 폐를 끼쳤네요."
"우리가 아니었다면 좀 더 쉽게 승부를 낼 수 있었을지도
몰랐다는 생각이 드오."
"그런데 어떻게 저자와 같은 인물이 강호에 존재할까요?"
"그러게 말이오. 이제야 천외천이라는 말이 이해가 되오."
남해천왕은 깊은 눈빛으로 한빈과 호조를 바라봤다.
그는 이번 일로 가슴에 열망이 치솟는 걸 느꼈다.
바로 무인으로서의 열망이었다.
남해천왕은 황궁을 지킬 힘 정도는 충분히 지니고 있다고
생각했다.
하지만 이번 일을 계기로 생각이 바뀌었다.
자신의 몸조차도 못 지키는데 황궁과 황제는 어떻게 지킬
까!
이것이 남해천왕의 결론이었다.
남해천왕은 이번에 살아 나간다면 강한 자를 스승으로 모
셔 강해지기로 했다.
그가 생각한 강한 자는 나이에 상관없었다.
남해천왕은 타오르는 눈빛으로 그들의 대결을 바라봤다.

한빈은 한쪽 팔을 드러낸 상대의 모습에 미소 지었다.

한편으로는 배울 점이 많은 자였다.

남들은 쳐다보지도 못할 무공을 가지고 있으면서도 이런 치졸한 방법을 쓴다?

졸렬하다기보다는 치밀하다고 봐야 했다.

상대의 숨겨진 한 수를 알아냈으니 이제는 참교육을 펼칠 때였다.

한빈은 조용히 용린검법을 확인했다.

바로 소모성 구결이 있는 자리였다.

한빈이 소모성 구결을 확인하고 있을 때, 호조가 말했다.

"무서우면 그냥 가도 되네. 내 먼저 남해천왕의 멱을 따고 자네를 쫓지. 본래 맛있는 건 아껴 먹는 것이 아닌가?"

"그렇게 호언장담한 놈들이 한두 명이 아니었지. 그런데 아쉽게도 모두 조용히 내 곁을 떠났어. 참, 내 곁을 떠난 허풍쟁이들이 어디로 갔는지 혹시 아나?"

한빈의 말투가 변했다.

한참을 보던 한빈이 다시 말을 이었다.

"아마 허풍쟁이들은 멀리 갔을 거야."

말을 마친 한빈은 하늘을 가리켰다.

사실 한빈은 상대에 대한 파악이 끝난 뒤였다.

이제 예의 따위는 차릴 필요가 없었다.

만약 한빈이 강호 초출이었다면 상대의 무공에 대해 경외감을 느낄 테지만, 이 상황은 둘 중 하나가 죽어야 끝나는 상황이었다.

한빈은 상대의 빠름이 왼팔을 숨긴 것에서 비롯된 게 아님을 간파했다.

그 빠름의 비결은 바로 발이었다.

발이 뒷받침되지 않았다면 저런 속임수도 쓰지 않았을 터.

더 무서운 것은 놈의 머리였다.

이제부터는 놈의 감정을 흔들어 놔야 했다.

말을 마친 한빈은 마치 아랫사람을 보듯 깔아 봤다.

그 모습에 호조의 눈빛이 살짝 변했다.

하대하다시피 하는 한빈의 태도에 기분이 상한 것이다.

사실 호조는 이런 경우를 한 번도 겪지 못했다.

누구나 넘볼 수 없는 벽을 마주 서면 무릎을 꿇기 마련이었다.

구차한 구걸 같은 것이 아니었다.

무림인이라면 강함에 고개를 숙이는 일이 당연하기 때문이었다.

그런데 이번에 만난 상대는 그런 눈빛을 조금도 보이지 않았다.

자신이 한쪽 팔을 숨겼듯이 상대도 철저히 감정을 속인 느낌이었다.

누군가 자신을 속였다는 점이 호조의 마음을 다소 불쾌하게 했다.

사실 호조는 태어날 때부터 특별한 인물이었다.

천살성을 타고 태어난 덕분에 가문에서 버려진 일은, 어찌 보면 운명의 장난이라고 할 수도 있었다.

호조의 성은 원래 정씨였다.

바로 백 년 전 천하 십대세가에 들었던 귀주정가의 후손이 바로 호조였다.

정가권법으로 한 시대를 풍미했던 귀주정가에서 태어난 막내아들.

그 막내아들이 하필이면 천살성(天殺星)을 타고났을 줄이야.

천살성은 가문에 있어서는 절대적으로 흉악한 조짐이었다.

이 때문에 호조는 열 살이 될 때까지 햇빛을 보지 못했다.

바로 지나가던 어느 승려의 예언 때문이었다.

사실 호조의 부모는 처음에는 고승의 말을 믿지 않았다.

하지만 부모는 신분을 밝힌 고승의 말을 믿지 않을 수 없었다.

그 고승은 무림에서도 추앙받는 소림사의 승려였기 때문이다.

그 고승은 천살성을 타고난 아이의 운명을 막기 위해서는 딱 한 가지 방법밖에 없다고 했다.

바로 열한 살이 되기 전까지는 금줄 밖으로 나가지 않는 것이었다.

금줄 안에서 천살성의 기운을 누른 후에 내보내야 가문과 강호가 안전하다는 것이 고승의 당부였다.

그 말과 함께 고승은 손수 호조의 처소 주변에 금줄을 쳤다.

그 때문에 호조는 열 살 때까지 밖으로 나오지 못했다.

하지만 그 고승의 말은 거짓이었다.

열 살 때까지 금줄 안에서 시키는 대로 조용히 지냈는데, 그가 열한 살이 되던 해에 가문은 망했으니까.

호조는 그 후 잿더미가 된 가문을 떠나 복수의 칼을 갈았다.

가장 큰 문제는 적을 모른다는 점이었다.

거기에 더해 아무런 힘도 없다는 것은 덤이었다.

호조의 장점은 천살성을 타고나면서 따라온 무공에 대한 오성이었다.

호조는 처음에는 낭인으로 살아갔다.

하지만 강호는 그리 만만치 않았다.

호조에게는 밑천이 없었기 때문이다.

제대로 된 심법 혹은 무공 비급 등 그 어떤 것도 호조에게는 없었다.

그때 만난 것이 그의 사부였다.

그 후 호조는 강호에서 모습을 감추었다.

그리고 가끔 사부의 지시로 오 년마다 강호를 둘러봤을 뿐이었다.

하지만 강호는 바뀐 것이 없었다.

마치 세숫대야에 떠 있는 종이배 같았다.

보기에는 평화롭게 보이지만 누군가 세숫대야를 뒤집는다면?

그게 아니라도 힘껏 배를 향해 입김을 분다면?

배는 뒤집힐 것이었다.

재미있는 것은 그 종이배에 탄 사람들만 자신들의 처지를 모른다는 점이었다.

그런 모습을 볼 때마다 호조는 웃음을 삼켜야 했다.

이제는 그 웃음을 드러낼 수 있을 때가 점점 다가오고 있었다.

그의 사부가 이번 임무를 마치고 나면 부모의 원수를 알려주기로 했기 때문이다.

잠시 상념에 잠겼던 호조는 조용히 상대를 바라봤다.

상대는 진룡소협이라고 불리는 하북팽가의 사 공자.

그는 세숫대야 속 종이배 안에 탄 인물 중 가장 흥미가 당기는 자였다.

세숫대야에 풍랑을 만들었다고 봐도 되었다.

그 정도로 그는 풍운을 몰고 다녔다.

물론 호조가 상대의 모든 것을 알지는 못하였다.

하지만 최근에 일어났던 모든 일에 하북팽가의 사 공자가 관여되어 있다는 것은 눈치챌 수 있었다.

호조는 조용히 하북팽가의 사 공자, 즉 한빈을 바라봤다.

어찌 보면 자신과 비슷한 인물이었다.

얼마 전까지 가문의 밖에는 얼굴을 비치지 않던 인물.

놈도 천살성을 타고난 것일까?

하지만 그것은 불가능했다.

천살성은 백 년마다 한 번씩 내리는 재앙이라고 했다.

그러니 상대가 천살성을 타고난 자일 리는 없었다.

한빈을 바라보던 호조가 미간을 좁혔다.

"예의를 모르는군. 그렇게 죽고 싶다면 네놈의 목을 먼저 쳐 주지."

그 모습에 한빈의 입꼬리가 슬쩍 올라갔다.

처음으로 보이는 감정의 변화였기 때문이다.

한빈이 끌어낸 첫 번째 감정의 변화.

이것은 이번 승부에서 중요했다.

사실 한빈은 이번 승부를 장기전으로 끌고 갈 마음이 조금도 없었다.

바로 호조의 검을 마주했기 때문이다.

비록 속임수가 있었다고 해도 그의 속도는 진짜였다.

무의미한 싸움을 해 봤자 한빈에게 이득 될 것은 없었다.

지금부터는 속전속결로 끝내야 했다.

지금 한빈이 믿고 있는 것은 바로 소모성 구결이었다.

바로 조 환관을 물리쳤던 상성을 호조에게 이용할 계획이었다.

조 환관이 익힌 무공의 근본은 오행.

그렇다면 호조의 무공도 오행을 근간으로 쌓아 올렸을 것이다.

한빈이 다시 월아를 들었다.

이전과는 달리, 천천히 그에게 걸어가며 한빈은 미소를 띠었다.

다가오는 한빈을 본 호조가 기세를 피워 냈다.

그는 한빈과 마찬가지로 입꼬리를 올렸다.

마치 기특하다는 표정이었다.

멀리서 보던 남해천왕은 눈을 크게 떴다.

갑자기 둘의 기세가 변했기 때문이었다.

목소리는 들리지 않았지만, 둘 사이의 변화는 감지할 수 있는 거리였다.

더욱 심각한 것은 둘이 피워 내는 기세에 얼굴이 따끔거릴 정도라는 점이었다.

순간 눈 깜짝할 사이에 한빈이 호조의 앞에 붙었다.

그것도 잠시, 번쩍하고 예기가 달빛을 갈랐다.

챙!

날카로운 검격 소리와 함께 한빈이 주르륵 밀려 났다.

호조는 그 자리 그대로인데 한빈만이 뒤로 밀려 난 것이다.

그 모습을 보던 남해천왕은 다시 한번 입술을 깨물었다.

이번 공격에서 한빈도 놀라기는 마찬가지였다.

정확히 말하면 그의 공격에 밀려 난 것이 아니었다.

한빈의 월아는 그의 호신강기를 뚫지 못했다.

정확히 말하면 호조는 호신강기로 한빈을 밀어 냈다.

그렇게 튕겨 나가는 한빈을 호조가 공격한 것이었다.

한빈의 검을 호조가 막아서 난 소리가 아니었다.

반대로 호조의 검을 한빈이 막은 것.

뒤로 열 걸음 정도 밀려 난 한빈은 다시 호조를 확인했다.

그는 조용히 미소만 짓고 있었다.

얼굴만 보면 부처처럼 자비로운 모습을 하고 있었다.

다시 예전의 표정으로 돌아간 것이다.

호조의 주변으로는 아지랑이가 일렁이고 있었다.

바로 그의 호신강기였다.

호신강기를 저렇게 피워 낸다고?

실로 어마어마한 내공이었다.

더 무서운 것은 호조라는 작자가 호신강기를 처음부터 몸에 두르고 있었다는 점이었다.

물론 그 양만 조절한 것이었다.

호신강기를 저렇게 쓴다고?

무림삼존도 불가능한 일이었다.

그때였다.

점점 불길이 타올랐다.

아까 불이 붙었던 보따리가 불씨가 되어서 여기저기 불을 놓고 있었다.

사르륵.

주변의 낙엽이 타올랐다.

순간 한빈이 다시 호조를 향해 달려들었다.

하지만 이번만은 달랐다.

한빈은 조용히 소모성 구결을 확인했다.

[소모성 구결 : 금(金), 토(土), 목(木), 빙(氷), 수(水)]

한빈은 이제까지 상대에게 얻어터지면서 호조의 속성에 대해서 깨달았다.

호조의 빠름은 어디에서 나올까?

한빈이 보기에는 바로 수(水)였다.

눈에 보이지 않는 빠름.

거기에 거침없이 나오는 내공.

호조를 보고 있자면 황하를 보는 것만 같았다.

거기에 검을 다루는 솜씨까지.

본래 금은 물속에서 더 빛을 내기 마련.

혹은 물은 금을 숨기기도 한다.

한빈은 조용히 소모성 구결 하나를 떠올렸다.

'토(土)!'

동시에 다시 용린검법의 구결을 펼쳤다.

'일촉즉발.'

기세를 피워 내며 뻗어 나가는 한빈의 월아.

순간 한빈은 호조의 검을 보았다.

한빈은 고개를 갸웃했다.

모든 시간이 느려지는 것 같은 착각이 들었기 때문이다.

이건 착각이 아니라 실제 같았다.

호조의 검이 천천히 월아를 향해 다가왔다.

한빈은 몸을 틀며 월아의 방향을 바꾸었다.

하지만 시간은 공평했다.

한빈의 검도 느려졌기 때문이다.

느려진 시간 속에서 한빈은 지금의 상황을 정확히 이해할 수 있었다.

이건 흙 위에 뿌려진 물과도 같았다.

흙에 물을 뿌리면 어떻게 될까?

물 본연의 속성을 잃어버리고 천천히 흙 속에 흡수된다.

어찌 보면 호조 특유의 빠름이 사라진 것.

한빈이 호조의 쾌검을 파훼했다고 볼 수 있었다.

한빈이나 상대 모두 진흙 속에 갇힌 것과 마찬가지.

한빈은 재빨리 용린검법을 떠올렸다.

'진룡파혼검.'

준비에 가장 많은 시간이 드는 초식이었다.

한빈은 월아에 진룡파혼검의 기운을 담았다.

동시에 만월로 호조의 쌍검을 상대했다.

가끔 귓가에 검격 소리가 들려왔다.

챙!

그 소리마저도 느리게 느껴졌다.

한빈은 소모성 구결의 효과가 그리 많이 남지 않았다는 것을 깨달았다.

문제는 월아에 모여드는 용린의 기운이 너무 느리게 움직인다는 점이었다.

챙!

만월로 호조의 공격을 쳐 냈다.

그때 오른손에 든 검이 옆구리로 날아왔다.

하지만 한빈은 피하지 않았다.

상대의 공격보다는 진룡파혼검의 기운을 모으는 데 열중했다.

스르륵.

노도처럼 몰아치던 용린의 기운이 오른손을 지나 월아의

검신에 맺혔다.

마치 새벽에 이슬방울이 난초의 끝을 타고 떨어지듯, 넘치는 용린의 기운이 검 끝에서 흘러내렸다.

순간 월아의 검신이 경천동지할 기세를 뿜어냈다.

그때였다.

소모성 구결이 기운을 다한 듯 사라졌다.

갑자기 몇백 배는 빨리진 듯 주변의 시간이 흘러갔다.

그때였다.

용린의 기운이 끝없이 한빈의 손을 타고 월아로 흘러 들어갔다.

이것은 예상도 못 한 효과였다.

문제는 용린의 기운이 바닥을 드러낸다는 점.

앞을 보니 호조의 호신강기가 깎여 나오고 있었다.

마치 과도로 사과 껍질을 벗기듯 말이다.

그런데 사과와는 달리, 껍질을 벗겨 놨는데 다시 껍질이 생겨나고 있었다.

그의 끝없는 내공으로 호신강기를 보충하고 있는 것이었다.

이제는 한빈도 한계.

용린의 기운이 바닥난 상태였다.

순간 한빈은 몸을 피하는 호조의 모습을 똑똑히 볼 수 있었다.

상대도 내공이 바닥난 모양이었다.

그 모습을 확인한 한빈이 발을 뻗었다.

그의 발을 밟아 버린 것이다.

호조도 이번 동작은 상상을 못 한 듯 당황했다.

"이런 미친……."

호조는 말을 맺지 못했다.

기운을 잃고 쓰러졌기 때문이다.

털썩!

문제는 한빈도 모든 기운을 소모했다는 점이었다.

둘 다 모든 힘을 한 번에 쏟아 내고는 쓰러졌다.

다른 점이라고는 호조가 바닥으로 고개를 떨군 반면, 한빈은 허허로운 모습으로 허공을 응시하고 있다는 점이었다.

조용히 허공을 바라보는 한빈의 표정은 미묘했다.

[용안으로 구결을 확인합니다.]

[천외천급 구결 오(五)를 획득했습니다.]

[천외천급 : 일(一), 백(百), 계(戒), 오(五).]

이게 뭐지?

호조에게 얻은 구결은 천외천급 초식을 구성하는 마지막 남은 조각이 아니었다.

또 다른 천외천급 초식을 구성하는 조각이 분명했다.

한빈은 길게 심호흡하며 호조를 바라봤다.

"휴."

다행히도 아직 남은 구결이 하나 있었다.

구결이 보이는 곳은 호조의 등 뒤.

저 구결을 취하고 천외천급 구결을 완성하면 될 터였다.

한빈은 다시 한번 호조의 상태를 살폈다.

상대가 지금의 상태라면 저 구결을 손에 넣는 것은 문제가 안 된다.

한빈은 이를 악물고 검을 버팀목 삼아 조용히 호조의 등 뒤로 다가섰다.

이제 한 발만 더 나아가면 월아의 간격 안.

순간 한빈이 걸음을 멈췄다.

걸음을 멈춘 한빈이 고개를 갸웃했다.

아무리 생각해도 자신이 깜빡한 부분이 있는 것 같았다.

잠시 호조를 바라보던 한빈이 눈을 크게 떴다.

그 이상한 점이 무엇인지를 깨달았기 때문이다.

호조의 몸에 천외천급 구결이 남아 있다?

이해할 수 없었다.

본래 구결이 보이던 자도 힘을 잃으면 흔적이 없어지기 마련이었다.

그런데 지금 호조의 몸에서 구결이 보인다고?

절로 등줄기에 소름이 돋는 게 느껴졌다.

한빈이 소모성 구결을 사용하며 진룡파혼검의 초식으로 상대를 구석에 몰아넣은 것처럼, 놈도 마지막 한 수를 남겨 둔 것이 분명했다.

그렇지 않고서야 내공을 남겨 놓고 있을 리가 없지 않은 가?

한빈은 재빨리 남은 구결을 확인했다.

남아 있는 구결은 조금도 없었다.

모든 구결을 이번 대결에서 털어 넣었다.

본신에 남아 있는 내공도 바닥을 보이는 상태.

한빈은 잠시 머리를 굴렸다.

자신의 공력은 시간이 지나면 자연적으로 보충할 수 있었다.

여기서 조금만 더 시간이 지나서 조 환관과 대결 시 썼던 금의환향을 다시 쓸 수 있다면, 수풀을 뛰어다니는 다람쥐처럼 쌩쌩하게 움직일 수 있었다.

문제는 시간이었다.

뒤로 돌아서 검을 꽂으려던 동작이 무색하게 한빈은 뒤로 물러났다.

구결십팔보를 펼치지는 않았지만, 보통 사람은 쫓을 수 없을 정도의 민첩한 움직임.

후퇴에는 망설임이 없어야 한다고 옛 성현께서 말씀하시지 않았는가!

한빈은 그 말을 그대로 실천했다.

하지만 한빈이 뒤로 몸을 날린 순간, 호조가 고개를 돌렸다.

힘을 잃고 고개를 떨궜던 그 모습이 아니었다.

눈빛만 보면 먹잇감을 앞에 둔 맹수였다.

그렇다면 한빈은?

상처를 회복 못 한 맹수라고 봐야 했다.

두 마리의 맹수 중 당장은 호조가 유리해 보였다.

호조가 거침없이 한빈에게 다가서더니 손을 뻗었다.

호조의 양손은 마치 두 개의 머리를 한 쌍두사 같았다.

호조의 쌍장이 한빈의 가슴을 향해 날아왔다.

한빈이 월아를 횡으로 눕혀 그의 쌍장을 막았다.

팡!

호조의 양손과 한빈의 월아가 허공에서 부딪쳤다.

귀를 찢을 듯한 굉음이 주변에 울려 퍼졌다.

그 자세 그대로 멈춘 호조가 입꼬리를 올렸다.

"내 마지막 초식이니 잘 기억해 두거라."

말을 마친 호조의 쌍장에서 백색의 강기가 흘러나왔다.

그 강기는 월아를 감쌌다.

한빈은 마지막 힘을 짜내어 그 강기를 밀어내었다.

하지만 호조의 백색 강기는 집요하게 파고들었다.

모양새만 놓고 보면 고수 간의 내공 싸움이었다.

일각 정도가 흘렀지만, 둘의 자세는 조금도 변하지 않았다.

시간이 멈춘 듯한 정적이 주변을 덮었다.

주변을 덮은 것은 정적만이 아니었다.

희미한 기운이 호조와 한빈을 중심으로 뻗어 나갔다.

바로 호조의 백색 강기가 안개처럼 주변까지 덮기 시작한 것이다.

강기로 시야를 가린다고?

누가 봐도 이것은 말이 안 되는 현상이었다.

멀리서 둘을 지켜보고 있던 남해천왕이 입을 벌렸다.

그냥 보기에는 둘 다 기력을 잃고 쓰러진 것처럼 보였다.

그 후 한빈이 남은 힘을 짜내 호조의 뒤를 노렸다.

그때까지만 해도 힘겨웠던 이번 싸움이 끝났다고 생각했다.

하지만 자신의 착각이었다는 것을 남해천왕은 깨달았다.

그것은 호조의 함정.

호조는 먹잇감을 물어뜯는 사냥개처럼 한빈을 향해 달려들었다.

이어서 그들의 진기가 뒤엉키더니 자욱한 백색 안개가 만들어졌다.

점점 진해지는 백색 안개.

남해천왕은 자리에서 일어났다.

그러고는 움찔했다.

과연 자신이 저곳으로 달려가도 될까 고민이 되었다.

둘의 내공으로 만들어 낸 자욱한 안개.

그 안개 때문에 안쪽은 조금도 보이지 않았다.

남해천왕은 자신이 어떻게 움직여야 할지 판단이 서지 않았다.

과연 어떻게 된 것일까?

놀란 것은 남해천왕만이 아니었다.

마지막 일격을 날린 호조도 놀라고 있었다.

지금의 상황은 호조의 계획에 들어 있지 않았기 때문이었다.

사실 상대, 즉 한빈이 날린 마지막 일격은 호조도 놀랄 정도였다.

호조가 가장 자신하던 호신강기를 완벽하게 박살 냈으니 말이다.

그뿐 아니었다.

상대의 일격은 호조의 검을 반 토막 내었다.

두 개의 보검은 위쪽이 아예 바스러졌다.

강호에 나와서 처음 겪는 일이었다.

그를 이렇게 당황시킨 자는 몇십 년 동안 없었다.

한빈의 마지막 공격은 마치 자신의 사부를 보는 듯했다.

호조는 여기서 선택을 해야 했다.

체면을 위해서 상대의 일격을 받아치느냐?

아니면 체면을 뒤로 접고 마지막 한 수를 남겨 놓느냐?

호조는 체면 따위는 던져 버리기로 했다.

그만큼 상대를 인정했다는 뜻이었다.

만약 한빈의 무위를 진심으로 인정하지 않았다면, 이런 결심은 하지 않았을 것이다.

호조는 상대의 무자비한 검격을 최대한 흘리고 마지막 한 수를 위해서 단전에 내공을 남겨 놓았다.

이 내공은 마중물과 같은 효과를 낼 터였다.

호조의 마지막 한 수는 바로 무림에서는 사라진 무공인 흡경대법이기 때문이었다.

상대의 내공을 흡수해 자신의 것으로 만드는 무공.

그것이 바로 흡경대법이었다.

사실 흡경대법을 익힌 자들은 단명한다는 무림 속설이 있다.

이것은 반만 맞는 말이었다.

남의 내공을 흡수한다는 것은 가능하지만, 그것을 자신의 것으로 만든다는 것은 어찌 보면 전혀 다른 차원의 것이었다.

익혀 온 심법이 다르고 먹었던 영약이 다른데, 어찌 단전의 내공이 같을 수 있을까?

성질이 다른 피가 섞이지 못하는 것처럼, 성질이 다른 내공을 받아들인다는 것은 어찌 보면 위험천만한 일이었다.

그것도 강제로 타인의 내공을 흡수한다면 말이다.

아마 그의 사부가 전해 준 심법이 아니었다면 호조도 완벽한 흡경대법을 익히지 못했을 터였다.

흡경대법을 펼치는 즉시 폐인이 되었을 것은 뻔한 일.

호조는 흡경대법을 펼치기 위해 특수한 심법을 익혔다.

자신의 내공 안에 타인의 내공을 넣는 것이 아닌, 자신의 내공을 비우고 그 자리에 타인의 내공을 심을 수 있는 심법이었다.

즉, 호조가 상대에게 빼앗아 오는 것은 단순한 내공이 아닌 상대의 선천지기.

씨앗 혹은 뿌리를 뽑아 와서 자신의 단전에 심는 방법이었다.

호조는 이런 방법으로 자신의 단전을 넓혀 왔다.

내공의 크기가 아니라 자질이 뛰어나다면 무공의 고위를 가리지 않고 빼앗았다.

호조의 흡경대법은 무림에 알려진 것과는 달리, 선천지기를 빼앗아 자신의 단전에 심을 수 있는 절대신공이었던 것.

지금도 마찬가지였다.

상대를 쓰러뜨리는 동시에 상대의 선천지기를 뿌리째 뽑아 오려고 한 것이다.

마침 상대, 즉 한빈이 최후의 일격을 날렸으니 지금보다 좋은 기회는 없었다.

그만큼 상대의 자질은 뛰어났다.

호조가 내공을 겨루는 상황까지 몰아넣은 것은 호조 자신의 계획이었다.

하지만 마중물로 쓴 자신의 내공이 상대의 단전까지 이어지지 못했다.

도리어 그 진기가 상대의 내공과 얽히면서 허공에 흩어진 것이다.

대체 어떻게 된 일인지 호조도 알 수 없었다.

물론 이유는 있었다.

호조의 흡경대법이 상대의 선천지기를 빼앗아 올 정도로 신묘하다고 하나, 한빈에게 선천지기 따위는 없었다.

한빈의 단전 안에는 선천지기를 대신해서 용린의 기운이 탑을 쌓고 있던 것.

호조의 단전이 한 마을의 곳간이라면, 용린의 기운으로 탑을 쌓은 한빈의 단전은 황궁의 창고와도 같이 광활한 것이다.

어찌 황궁의 창고를 한 마을의 창고에 옮겨 놓을 수 있겠는가?

그게 작은 씨앗이라고 해도, 좁쌀 주머니에 호박을 넣는 것처럼 불가능한 일이었다.

일이 잘못되었음을 안 호조는 최선을 다해 흡경대법을 멈추려 했다.

하지만 그조차도 마음대로 되지 않았다.

떼어 내려 하면 할수록 더욱 달라붙었다.

이 상황은 달콤한 엿에 붙은 파리와도 같았다.

달콤한 엿 맛을 본 파리가 승자일까?

당장 본다면 승자일 수도 있었다.

하지만 엿에서 다리를 떼어 내지 못한다면?

호조는 생각조차 하기 싫었다.

그때였다.

갑자기 자신의 백색 강기와 상대의 푸른 강기가 엉키더니 희미한 선을 만들었다.

그와 동시에 호조는 눈을 까뒤집었다.

한빈은 기분 좋은 표정으로 미소를 짓고 있었다.

백색의 안개 속에서 월아를 사이에 두고 두 무인이 상반된 표정을 짓고 있었던 것.

사실 이 상황은 한빈에게 있어서는 색다른 경험이었다.

호조가 이어 놓은 백색 강기는 한빈의 단전이 아닌 상단전과 이어졌다.

하단전과의 거리가 멀다 보니 상단전으로 이어진 것.

흡경대법이 하단전이 아닌 상단전과 이어지면 과연 어떻게 될까?

그 어떤 무인도 이런 상황을 겪어 보지 못했을 터.

하지만 한빈은 그 상황을 몸소 체험하고 있었다.

한빈이 받아 온 것은 상대의 기억이었다.

호조의 기억은 흐릿했다.

하지만 그의 지나온 삶을 대충이나마 목격할 수 있었다.

이것은 어찌 보면 한빈이 바라던 바였다.

그러지 않아도 이들 조직에 대해서 확실하게 파악하려고 하던 참이었다.

한빈이 보기에 이들의 생각은 신선했다.

이들이 원하는 것은 돈도 명예도 권력도 아니었다.

그들이 강호에 원하는 것은 단순한 멸망이었다.

강호도 황궁도 없는 세상.

과연 무엇을 위해서?

한빈은 계속해서 호조의 생각에 집중했다.

한빈이 호조의 기억을 읽고 있을 때.

호조도 비슷한 현상을 겪고 있었다.

한빈의 기억 일부가 머릿속에 들어와 박혔기 때문이다.

호조는 어렴풋이 지금의 현상을 이해했다.

흡경대법의 경지가 높아지면 흡영대법으로 성장한다는 말이 있었다.

흡영대법이란 상대의 영혼을 흡수해서 자신의 것으로 만들 수 있는 경지였다.

마치 지금처럼 말이다.

하지만 호조는 기쁘지 않았다.

밀려들어 온 상대의 기억은 그야말로 지옥을 보는 듯했다.

기억 속의 사내는 어두컴컴한 동굴에서 한 여인과 눈을 맞추고 있었다.

그것도 잠시, 몸이 꿰뚫리는데도 돌진해서 여인을 안았다.

그리고 이어지는 폭음.

살점이 사방으로 튀어 오르고 불꽃이 일어났다.

조각난 신체가 불꽃에 타는 고통이 그대로 호조에게 전해졌다.

호조는 이 싸움이 잘못되었음을 깨달았다.

상대는 인간이 아니었다.

한마디로 마신 그 자체.

천살성으로 태어난 자신은 발가락 끝에도 못 미치는 존재였다.

지금 호조가 본 것은 지옥문을 열고 지상으로 올라온 마신의 기억이었다.

그렇게 생각할 수밖에 없었다.

물론 호조의 오해였다.

이것이 한빈의 전생 마지막 기억이라는 것을 호조가 알 수는 없었다.

악신

호조는 이를 악물었다.

이 악몽에서 벗어나기 위해서였다.

마신 아니, 악신의 등장을 하루빨리 사부에게 알려야 했다.

벗어나려고 할수록 호조는 지옥과 같은 상대의 기억 속에 빠져들었다.

점점 또렷해지는 악몽.

상대의 웃음이 호조의 머릿속을 가득 채웠다.

자신의 몸이 가루가 되어서 흩어지는데 웃음을 터뜨린다니?

기억 속 고통도 호조의 머릿속 깊숙이 각인되었다.

이것은 분명히 지옥 불 같은 고통이었다.

인간이 참을 수 없는 고통에 호조가 무릎을 꿇었다.

털썩!

이제까지 자신이 겪었던 고통은 상대가 느낀 고통의 십 분의 일도 되지 않았다.

호조는 이를 악물고 눈을 떴다.

그제야 악몽 속에서 벗어난 호조는 주변을 둘러봤다.

주변에 백색 안개가 자욱한 것이, 마치 구름 속에 있는 듯 보였다.

지옥의 불구덩이를 봤던 그에게 백색의 안개는 살아 있다는 안도감을 주었다.

"휴."

안도의 한숨은 그리 오래가지 않았다.

바로 눈앞에서 묘한 미소를 짓고 있는 상대를 보았기 때문이다.

상대의 붉은 무복은 방금 봤던 지옥을 생각나게 했다.

온몸이 갈가리 찢겨 지옥의 불꽃 속에 타면서도 웃는 그 모습 말이다.

순간 호조의 몸이 굳었다.

이것은 주화입마의 전조 현상.

마치 혈맥이 찢길 듯한 고통이 호조의 온몸을 덮쳤다.

호조는 순간 비명을 질렀다.

'아악!'

안타깝게 그의 목소리는 입 밖으로 나오지 않았다.

주화입마가 시작되었기 때문이다.

곧게 뻗어 있던 혈맥은 소면 가닥처럼 굽이굽이 뒤틀려 버렸다.

당연하게도 정상적으로 진기가 혈맥을 흐를 수 없는 상태가 되었다.

호조가 당황하고 있을 때 한빈도 현실로 돌아왔다.

한빈의 눈앞에는 무릎을 꿇은 호조가 보였다.

마치 덫에서 벗어나려는 듯한 호조의 모습에 한빈이 고개를 갸웃했다.

한빈은 이 상황이 이해가 되지 않았다.

먼저 공격한 것은 호조였다.

그런데 지금은 벗어나려고 발버둥을 치고 있었다.

호조는 무릎을 꿇었지만, 자신의 양쪽 손바닥을 월아의 검신에 붙이고 있었다.

한빈은 적의 눈빛을 확인했다.

그는 이미 싸울 의지를 잃었다.

이제는 그야말로 무주공산에 깃발을 꽂기만 하면 되는 상황이었다.

남은 일은 그로부터 구결을 획득하는 일.

한빈은 목을 길게 빼고 구결의 흔적을 확인했다.

한참을 보던 한빈은 고개를 갸웃했다.

"아무것도 남은 게 없네. 개털이야……."

아쉬운 듯 상대를 바라보는 한빈.

그는 진심으로 안타까워하고 있었다.

조금 전까지만 해도 일렁이고 있었던 구결의 흔적이 신기루처럼 사라졌다.

어찌 보면 당연한 일이었다.

힘을 잃은 상대에게 구결이 남아 있던 적은 없으니까.

호조를 보던 한빈이 말했다.

"떼!"

"……."

하지만 호조는 대답이 없었다.

한빈은 호조를 그대로 밀어 냈다.

팍!

순간 호조가 뒤쪽으로 나가떨어졌다.

한빈은 월아를 들고 조용히 그에게 걸어갔다.

한빈은 대충 상황을 눈치챌 수 있었다.

상대는 주화입마에 빠진 것 같았다.

한빈이 그렇게 추측하는 이유는 한 가지였다.

용린의 기운을 흡수하려다가 이리된 것이다.

분에 넘치는 떡을 탐내면 낭패를 보는 것은 당연했다.

한빈은 호조의 주화입마 원인이 자신의 전생 마지막 기억 때문일 줄은 상상도 하지 못했다.

월아를 치켜든 한빈은 상대를 조용히 바라봤다.

한빈은 호조를 어떻게 처리해야 할지 고민이 되었다.

결심한 한빈은 조용히 월아를 다시 들었다.

천외천급 구결도 좋지만, 후환을 남겨 둘 수는 없는 법이었다.

한빈이 검을 들자 호조가 죽어 가는 목소리로 말을 이었다.

"저, 정체가 대체 무엇이냐? 그 지옥 불은 대체 무엇이고……."

"지금 뭐라고 하는 거야?"

"네놈은 분명히 인간이 아니다."

"내가 신선이라도 된다는 거야?"

"너는 지옥 불을 뚫고 나온 악신이 분명하다. 어떻게 악신이 세상에……."

호조가 말끝을 흐렸다.

순간 한빈은 눈을 가늘게 떴다.

이제는 대충 호조의 마음속을 알 것 같았다.

호조도 자신의 기억을 본 것이 분명했다.

그것도 전생의 마지막 기억을 말이다.

진천뢰가 터지고 사방이 불꽃으로 덮이던 그때.

조각난 몸마저도 그 불꽃에 타들어 갔다.

아마도 그 기억이라면 지옥 불로 느껴지는 것도 당연한 터.

하지만 묘하게 기분이 상했다.

"무림의 정의를 바로잡고 생불이란 이름으로 추앙받는 내가 악신이라고? 너는 좀 맞자."

"역시 내가 본 게 허상이 아니었어."

호조는 한빈의 얼굴을 가리켰다.

호조가 보기에 지금 한빈의 얼굴은 악귀 같았다.

마치 생쥐를 앞에 둔 구렁이처럼 입맛을 다시고 있었다.

그때였다.

검은색 선이 한 가닥 한빈에게 날아왔다.

한빈이 재빨리 몸을 던졌다.

파박!

날아온 선은 한빈이 있던 자리에 박혔다.

퍽!

순간 한빈의 눈이 커졌다.

마치 무쇠로 만든 봉이 바닥에 박힌 것만 같았다.

하지만 그것은 무쇠가 아니라 검은색 가죽으로 된 채찍이었다.

백색 안개 밖에서 날아왔기에 상대의 얼굴은 보지 못했다.

만약 이 상태에서 그자를 마주한다면?

백전백패라고 확신할 수 있었다.

한빈은 아직 몸이 회복된 상태가 아니었기 때문이다.

그렇다면?

지금 선택은 줄행랑밖에 없었다.

대신 호조의 명줄을 끊고 가는 것이 맞았다.

한빈은 재빨리 만월을 들었다.

용린검법을 쓸 수 있는 구결이 남아 있지 않은 한빈은 그대로 만월을 호조의 목을 향해 날렸다.

휙!

그때였다.

바닥에 박힌 검은 채찍이 갑자기 움직였다.

휘릭 하고 다시 나온 채찍은 쓰러진 호조의 목을 휘감았다.

호조의 목을 휘감은 채찍은 백색의 안개 밖으로 호조를 빼냈다.

그것도 잠시, 갑자기 거대한 기세가 한빈을 향해 날아왔다.

팡!

검은색 채찍이 미역 줄기처럼 한빈의 몸을 덮쳤다.

모습은 미역 줄기지만 기세만큼은 마치 흑룡을 보는 듯했다.

구결과 본신의 내공을 모두 소모한 상태에서 저 공격을 그대로 받는다면 몸이 산산이 조각날 수도 있었다.

한빈은 재빨리 발을 굴렀다.

휙.

방아깨비가 뛰듯 훌쩍 뒤로 물러난 한빈.

하지만 채찍은 계속 따라붙었다.

채찍이 눈앞까지 오자 한빈은 재빨리 월아와 만월을 교차시켰다.

캉!

검은색 채찍의 공격에 한빈의 몸이 튕겨 나갔다.

마치 바람 맞은 낙엽처럼 힘없이 뒤쪽으로 밀려 나간 한빈은 백색 안개에서 벗어났다.

백색 안개에서 벗어난 한빈은 백색 안개를 바라보며 눈을 가늘게 떴다.

갑자기 느껴지는 막강한 기운 때문이었다.

그것도 잠시, 귀청을 찢는 듯한 소리가 울려 퍼졌다.

쿠아앙!

순간 백색 안개 속에서 돌무더기가 쏟아져 나왔다.

작은 돌 하나하나가 모두 암기가 돼서 폭포수처럼 쏟아지는 상황.

한빈은 다시 검을 교차시켰다.

암기가 된 작은 돌멩이가 한빈을 스쳐 지나갔다.

찌릿한 고통이 온몸을 헤집었다.

해일처럼 밀려들던 기세는 조금도 줄어들지 않았다.

배고픈 맹수처럼 주변을 헤집어 놓았다.

한빈의 무복이 너덜너덜해질 무렵, 언제 그랬냐는 듯 해일처럼 밀려들던 기세가 사라졌다.

상대가 공격을 멈춘 것이다.

앞을 확인해 보니 백색의 안개는 이미 사라졌다.

아마도 검은 채찍 기운 덕분에 백색의 안개가 흩어진 듯 보였다.

한빈은 조용히 전방을 주시했다.

주변에서는 풀벌레 소리도 들리지 않았다.

그도 그럴 것이, 주변은 폐허가 된 상태였다.

그 모습을 본 한빈은 한숨을 쉬었다.

"후유."

여러 감정이 뒤섞인 한숨이었다.

만약 적이 그대로 돌아가지 않았다면?

이곳이 자신의 무덤이 될 가능성이 있었다.

적은 과연 왜 돌아갔을까?

분명히 자신의 목숨을 빼앗을 기회가 있었다.

그런데도 상대는 그냥 돌아갔다.

고개를 갸웃하며 앞을 살피던 한빈은 월아를 검집에 갈무리했다.

스릉.

동시에 만월을 본래 있던 자리인 다리에 숨겼다.

순간 한빈은 남해천왕과 적귀를 떠올렸다.

겨우 숨만 붙어 있던 그들이었다.

만약 이 근처에 있었다면?

아마도 지금의 마지막 한 수로 목숨을 잃었을 수도 있었다.

그때였다.

부스럭!

뒤쪽에서 다시 기척이 느껴졌다.

하지만 호조나 채찍을 든 고수의 기척은 아니었다.

발소리나 호흡 모두 미약하기 짝이 없었다.

기척을 숨길 여력도 없는 상태.

한빈은 조용히 고개를 돌렸다.

그곳에는 남해천왕과 적귀가 누군가의 부축을 받으며 걸어오고 있었다.

남해천왕과 적귀를 부축하고 있는 자는 다름 아닌 장단하와 묘희였다.

절뚝이며 걸어온 남해천왕은 한빈을 향해 포권했다.

"황실을 대신해서 감사하네, 팽 공자."

"아닙니다."

"그런데 혹시……."

남해천왕은 뭔가 생각났는지 말끝을 흐리며 고개를 돌렸다.

그곳에는 불광사가 있는 방향이었다.

한빈도 자연스럽게 고개를 돌렸다.

"아직까지는 괜찮은 것 같습니다, 왕야."

"모두 해결된 것인가?"

"조 환관은 일단 해결했습니다. 그런데 조 환관의 동료가 둘이 더 남았습니다."

"그렇다면……."

"하나는 지금 봤던 호조라는 작자이고 나머지 하나는 불광사 쪽에 있다고 들었습니다."

"그럼 빨리 그쪽으로……. 쿨럭."

남해천왕은 피를 한 움큼 토해 냈다.

그 모습에 한빈이 말했다.

"아마도 무사할 겁니다."

"저자와 비슷한 무공을 가지고 있다면 그 누구도……."

"괜찮습니다. 무사할 겁니다."

한빈이 아무렇지 않게 웃었다.

조 환관을 자신의 편으로 만들었다고 말하고 싶지만, 설명이 길어질 것 같아서 한빈은 그 내용을 언급하지 않았다.

한빈은 남해천왕과 함께 천천히 불광사로 향했다.

지하 통로가 아닌 정상적인 통로로 말이다.

한빈을 비롯한 모두는 변장했다.

아직 적군과 아군을 구분할 수 없다는 남해천왕의 판단 때문이었다.

자신의 오른팔이었던 조 환관에게 배신당했다고 생각하는 남해천왕은 꽤 충격을 받은 모양이었다.

그들은 연등회에 참석한 평범한 백성처럼 차려입고 불광사의 입구로 들어섰다.

황실의 종친이 참석하는 행사이기에 경계는 제법 삼엄했다.

하지만 한빈의 변장술 덕분에 그 누구도 남해천왕과 적귀를 알아보는 이는 없었다.

몇 차례의 초소를 지나친 후 한빈은 불광사의 중심에 들어설 수 있었다.

남해천왕이 조용히 한빈을 바라봤다.

"진짜 하북팽가의 사람이 맞나?"

"네, 맞습니다."

한빈이 고개를 끄덕이자 옆에 있던 적귀가 끼어들었다.

"어떻게 보면 사파 출신 같기도 하고 어떻게 보면 하오문 같기도 하고. 팽 공자는 종잡을 수 없네요. 이건 칭찬입니다."

"감사합니다, 적귀 선배님."

한빈이 살짝 고개 숙였다.

그때 남해천왕이 걸음을 재촉하더니 구석에 있는 전각 사이로 들어갔다.

그 모습에 한빈이 물었다.

"여긴 어디입니까?"

"이곳에 황실의 비밀 수련실이 있네."

"비밀 수련실이라……."

한빈이 고개를 갸웃했다.

전생과 현생 통틀어서 처음 아는 사실이기 때문이었다.

남해천왕은 아무렇지 않게 전각 사이를 누볐다.

그가 안내한 곳은 불광사의 구석에 있는 허름한 창고였다.

보기에는 언제 무너져도 이상하지 않을 것 같은 전각이었다.

불광사 내에서 가장 볼품없는 전각을 꼽으라면 고민 없이 이곳을 가리킬 정도였다.

남해천왕은 아무렇지 않게 문을 열었다.

신기한 것은 문을 지키는 경비 무사가 하나도 없다는 점이었다.

누구도 이곳에 이런 비밀 수련실이 있다고 생각하지 못할 것이었다.

순간 한빈의 눈이 커졌다.

안쪽에는 겉과는 다르게 으리으리한 공간이 나타났기 때문이다.

그때 한빈의 귀에 익숙한 목소리가 들렸다.

한빈은 재빨리 목소리가 흘러나오는 곳을 향해 걸어갔다.

으리으리한 공간은 마치 거대한 다루 같았다.

그것도 방이 구분되어 있는 다루 말이다.

다루라고 생각한 이유는 각 방에서 차향이 흘러나오고 있기 때문이었다.

차향은 모두 각기 달랐다.

한빈은 목소리가 흘러나오는 방 앞에 섰다.

힐끔 올려보니 그곳에는 '하북팽가'라고 쓰여 있었다.

"하북팽가라고?"

"옆에 황보세가도 있는데요."

뒤를 따르던 묘희가 눈을 반짝였다.

한마디로 황당한 상황이었다.

갑자기 천하 십대세가의 현판이 왜 붙어 있단 말인가?

한빈은 주위를 살폈다.

천하 십대세가뿐이 아니었다. 멀리에는 청성파와 아미파의 현판도 보였다.

한빈이 놀라고 있자 남해천왕이 불쑥 끼어들었다.

"하하. 이곳은 황실의 비밀 수련실이라고 하지만, 진짜 정체는 황실의 장서각이네. 특히 무림 문파들의 비급이 모여 있는 곳이라네."

"그렇다면, 이 방에 있는 것은 분명히……."

한빈의 말이 끝나기도 전에 남해천왕이 하북팽가라고 쓰인 방을 열었다.

스르륵.

순간 방 안에서 논쟁을 하는 팽대위와 팽혁빈이 눈에 들어왔다.

둘은 누군가 문을 열었다는 것도 잊은 채 열띤 논쟁을 펼치고 있었다.

팽혁빈이 도를 쥔 채 위로 곧게 올리며 말했다.

"여기서 말한 맹호천하는 바로 이 동작을 말하는 것이 분명합니다."

"아니지, 아니야. 맹호천하는 혼원벽력도 중 종횡무제의 기틀이 되는 초식이야. 그러니 그쪽이 아니라 이렇게 대각선으로!"

말을 마친 팽대위가 자신의 도를 대각선으로 뻗었다.

그들의 앞에는 비급 하나가 펼쳐져 있었다.

한빈은 대충 사정을 알 것 같았다.

맹호천하도법은 하북팽가의 시조가 창안했다고 알려진 도법.

그리고 혼원벽력도는 백 년 전에 반이 소실되었다.

어찌 보면 반이 남은 것은 운이 좋았다고 할 수 있었다.

그때를 기점으로 자취를 감춘 하북팽가의 무공 비급은 셀 수도 없었다.

그중 하나가 바로 맹호천하도법이었다.

그런데 이곳에 맹호천하도법이 있다니!

놀랄 수밖에 없었다.

그뿐이 아니라 맹호천하도법 외에도 권장법에서부터 사소한 심법까지, 모두 이곳에 보관되어 있었다.

하북팽가에도 없는 무공 비급이 이곳에 있다니?

한빈은 자신도 모르게 탄성을 토해 냈다.

"대단하군요. 이 비급으로 고수들의 발목을 잡은 것이군요. 그런데 이 중요한 것을 그냥 이렇게 넘기신 겁니까?"

"이걸 보여 주는 대신 단서를 하나 달았지."

"그게 뭡니까?"

"보는 건 자유지만, 반출은 불가라고 했네. 덕분에 이들의 발목을 잡아 놓을 수 있었지. 물론 내가 정신을 차리지 못했다면 이 비급은 수많은 고수와 함께 날아가 버렸겠지만……."

남해천왕은 회한에 젖은 눈빛으로 조용히 방 안을 바라봤다.

그때 마침 팽대위와 팽혁빈의 논쟁이 끝났다.

그제야 기척을 느낀 팽혁빈은 한빈을 보고 눈을 크게 떴다.

"아우야, 너도 초대를 받았구나."

"네, 그렇습니다."

"어서 이리 와서 앉아라. 그런데 이분은……."

"이곳으로 오다가 만난 남해천왕 선배십니다."

"남해천왕이라면 그 장해왕……. 왕야께 인사드리겠습니
다."

신분을 알아보자 바로 깊숙이 포권하는 팽혁빈.

옆에 있던 팽대위도 마찬가지였다.

고개 숙인 팽혁빈은 힐끔 한빈을 바라봤다.

입 모양으로 봐서는 무슨 일이냐고 추궁하는 듯했다.

그 모습에 한빈이 말을 이었다.

"아주 중요한 일이 있어, 왕야를 도와드리게 되었습니다."

한빈의 대답에 옆에 있던 남해천왕이 고개를 끄덕였다.

순간 팽대위가 재빨리 끼어들었다.

"명망 높은 왕야를 돕게 된 것은 가문의 영광입니다."

"아닙니다. 내가 팽 소협에게 은혜를 입었습니다. 아니 정
확히 말하면 황실이 팽 소협에게 은혜를 입었다고 보는 것이
맞습니다. 이 일은 제가 황궁에 별도로 기별을 넣도록 하겠
습니다."

"오호. 그게 정말입니까? 왕야."

"물론이지요. 하하."

남해천왕이 자애로운 미소와 함께 고개를 끄덕였다.

그때 한빈이 남해천왕에게 눈짓했다.

사실 이제부터 할 이야기가 본론이었다.

한빈의 신호를 받은 남해천왕이 입을 열었다.

"참, 이곳은 오늘부로 문을 닫겠습니다."

"자, 잠시만 기다리십시오. 아직 확인 못 한 비급들이 한 아름인데 문을 닫겠다니요?"

"걱정하지 마십시오. 하북팽가의 비급들은 모두 가문으로 보내 드리겠습니다."

"그럼 저희가 직접 들고 가겠습니다."

"그건 안 됩니다. 저희가 보관하고 있는 필사본을 가문으로 돌려보내 드리겠습니다. 일단 나가시죠."

말을 마친 남해천왕은 손뼉을 쳤다.

짝짝.

그 소리에 문 뒤쪽에서 서생 차림의 사내가 나타났다.

그들이 문 앞에 서자, 남해천왕은 밖을 가리켰다.

이제 나가자는 뜻이었다.

팽혁빈과 팽대위는 아쉬움을 뒤로한 채 밖으로 나왔다.

밖으로 나오는데 팽대위가 서생 차림의 사내를 향해 고개 숙였다.

"대접 잘 받고 갑니다. 나중에 꼭 하북팽가에 들르십시오."

"……."

서생 차림의 사내는 조용히 웃기만 했다.

그 사내는 장서각의 관리인이었다.

하지만 한빈은 그의 무위가 남해천왕에 뒤지지 않음을 알고 있었다.

이곳에 들어 있는 비급들은 천하의 어떤 보물보다 귀중한 것들이었다.

그 보물을 서생 홀로 지킬 리가 없지 않은가?

아마도 이곳에 모여 있는 모두가 강호의 고수들과 어깨를 나란히 하는 자들일 것이었다.

그들은 계속해서 사람들을 장서각 밖으로 안내했다.

현재 한빈 일행 중 아래쪽 상황이 어찌 되었는지 아는 이는 아무도 없었다.

아래쪽이라는 것은 산자락에서부터 불광사까지 이어지는 통로를 말함이었다.

과연 진천뢰는 다 제거되었을까?

한빈은 확신할 수 없었다.

이것은 전쟁이었다.

문제는 지금의 전쟁이 누구와 싸우는지 모른다는 점.

일단 적의 머리 중 하나인 조 환관을 포섭하는 데 성공했지만, 그 이후의 일은 알 수 없었다.

만약에 아래쪽 통로에서 설화 일행이 임무에 실패한다면?

이곳은 눈 깜짝할 사이에 가루가 될 터였다.

가장 먼저 해야 할 것은 이들을 대피시키는 것.

그다음은 설화 일행을 찾는 것이었다.

한빈과 남해천왕은 빠르게 방을 비워 나갔다.

이곳에 모인 무림인들 중에는 한빈과 일면식이 없는 자들도 있었다.

중원의 무림인 전부가 목표였다는 말이었다.

하다못해 저 아래쪽 해남파의 제자까지 이곳에 있었다.

한빈은 남해천왕에게 손을 내밀었다.

"반은 제가 맡겠습니다."

"여기 있네."

남해천왕이 군령패를 내밀었다.

한빈은 군령패를 품에 넣었다.

이곳까지 오면서 미리 상의한 내용이었다.

제시간에 무림인들을 대피시키지 못할 것 같으면 인원을 둘로 나누자는 것이었다.

그때 남해천왕이 품속에서 서찰 하나를 내밀었다.

"이것도 가져가시게."

"이건 뭡니까? 왕야."

"장서각의 비밀 통로가 나와 있는 지도일세. 어찌 될지 모르니 일단 넣어 두게."

"알겠습니다."

한빈이 지도를 활짝 펼쳤다.

그 지도에는 이곳 장서각의 세세한 통로가 나와 있었다.

이 정도면 설화가 도착할 통로도 찾을 수 있을 것 같았다.

한빈은 남해천왕과 헤어져서 무림인들에게 말을 전했다.

남해천왕이 준 군령패를 본 무림인들은 두말없이 장서각을 빠져나갔다.

장서각의 앞에 도착한 무림인들은 관리 서생의 안내를 받아서 멀리 이동했다.

무림인들을 안내하는 한빈을 지켜보던 팽혁빈은 입술을 달싹였다.

묻고 싶은 말이 산더미였기 때문이다.

팽혁빈의 표정을 본 한빈은 피식 웃었다.

"일이 끝나면 이야기해 드리겠습니다."

"그래, 기다리마."

팽혁빈이 미소 짓자 한빈은 재빨리 어디론가 달려갔다.

사도련의 현판이 걸린 방을 발견했기 때문이다.

아니나 다를까.

그곳에는 독고진이 있었다.

독고진뿐 아니라 독고련도 함께 독서 삼매경에 빠져 있었다.

강남 사도련의 최고 고수 둘이 한곳에 있다니?

다른 방들도 마찬가지였다.

만약에 불광사가 그대로 날아갔다면?

무림의 반이 날아가는 것이라고 봐도 되었다.

한빈은 본 독고련이 활짝 웃었다.

"우리 손녀사위, 아니 팽 공자도 왔군."

"앞에 그 말은 뭡니까? 손녀 뭐라고 하지 않았습니까?"

"아니야. 팽 공자가 잘못 들은 게야."

독고련이 손을 젓자 한빈은 재빨리 본론으로 들어갔다.

"마휘 군사도 같이 왔습니다."

"역시 비급 냄새는 잘 맡는다니까."

"비급 때문이 아니라 두 분 어르신이 걱정돼서 쫓아왔다고 합니다."

"우리를 걱정한다고?"

독고련이 고개를 갸웃하자 옆에 있던 독고진이 앞으로 한 발 나왔다.

"무슨 일이 생겼군."

"네, 조금 큰일이 생길 뻔했죠."

"무슨 일인가?"

"불광사가 통째로 날아갈 뻔했습니다."

"여기가 날아간다고?"

"이 아래에는 수천 근의 진천뢰가 묻혀 있습니다."

"대체 그게 무슨 말인가?"

독고진이 눈을 크게 떴다.

놀란 것은 독고진뿐이 아니었다.

뒤따라온 팽혁빈도 눈을 크게 떴다.

한빈은 밖을 가리켰다.

"일단 가면서 이야기하죠."

방을 빠져나간 한빈은 지도를 펼쳐 놓고 통로를 확인했다.

위치를 확인한 한빈은 천천히 통로를 가로질렀다.

그때 독고진이 바싹 따라붙었다.

"이제 말을 좀 해 주게."

"무당산에서 모든 일이 마무리된 게 아니었습니다."

"그게 무슨 말인가?"

"지금 이곳이 얼마 전 무당파라고 생각하시면 됩니다. 그때는 물귀신이 될 뻔했었지만, 지금은 불지옥이 된다는 것이 다를 뿐입니다."

"그렇다면……."

"네, 맞습니다. 누군가 혈고를 이용해서 왕야를 움직였습니다. 이 서재의 비급들은 그 미끼고요."

"대체 누군가? 무당산에서 일을 벌였던 백경이란 자들인가?"

"아직은 모르겠습니다. 지금부터 밝혀 봐야죠. 독 대협의 도움이 필요합니다. 일단……."

한빈은 계획을 말한 뒤 속도를 높였다.

'구결십팔보!'

이제는 어느 정도 내공과 구결이 회복된 상태였다.

사사 삭!

한빈이 낙엽 밟는 소리를 내며 사라지자, 독고진이 뒤따랐다.

팽혁빈도 속도를 높였다.

"아우야!"

검은 가면의 사내가 호조를 어깨에 들쳐 메고 어딘가로 걸어갔다.

그가 멈춘 곳은 불광사의 뒤편이었다.

정확히 말하면 불광사가 위치한 산자락의 절벽 아래.

불광사의 앞쪽에는 단단한 담벼락이 높게 솟아 있으며, 뒤쪽은 아찔한 절벽이 펼쳐져 있었다.

덕분에 전쟁이 나면 불광사는 절이 아닌 요새로 변한다는 말이 있었다.

한번 문을 걸어 잠그면 난공불락의 요새가 되는 것이다.

그 절벽 아래에서 흑의 복면을 한 괴인이 멈췄다.

그는 검은색 채찍을 휘둘렀다.

짝!

큰 의도는 없는 듯 보였다.

단순하게 허공에 채찍을 휘둘러 먼지를 털어 낼 뿐이었다.

그러고는 채찍 손잡이를 허리에 꽂았다.

꽂는 동시에 채찍은 자연스럽게 허리에 감겼다.

겉으로 보면 채찍이 아닌 허리띠로 보일 정도였다.

그는 바닥에 내려놓은 호조의 명문혈을 눌렀다.

그의 기운이 호조의 명문혈을 타고 스며들었다.

기운이 꿈틀대며 호조의 몸을 휘젓고 돌아다녔다.

마치 소주천을 하듯 상반신을 맴돌던 기운이 다시 괴인의 손으로 빨려 들어갔다.

그와 동시에 호조가 눈을 떴다.

눈을 뜬 호조는 피를 한 움큼 토해 냈다.

호조가 고개를 들었다.

그는 언제 아팠냐는 듯 재빨리 자리에서 일어났다.

눈앞에 있는 괴인은 바로 호조의 사부였다.

자신의 부모와도 같은 사부이지만, 아직도 그는 얼굴 한번 본 적 없었다.

검은 가면 뒤에 과연 어떤 얼굴이 존재하는지 상상해 본 적도 없었다.

그 가면은 감히 마주할 수 없는 존재를 뜻했다.

호조가 재빨리 자리에서 일어났다.

"죄송합니다."

"무슨 일이 있었느냐? 아니, 먼저 결과부터 말해 보아라."

괴인의 목소리에는 고저가 없었다.

마치 감정이란 조금도 담겨 있지 않은 것 같았다.

괴인의 지시에 호조가 머리를 바닥에 찧었다.

탁!

이마가 깨질 듯한 소리 뒤에 호조의 목소리가 이어졌다.

"실패했습니다."

"실패라……. 네가 실패했다는 것이냐? 아니면 다른 놈들도 실패했다는 것이냐?"

"사제들이 어찌 되었는지는 저도 알 수 없습니다."

"클클. 네가 하지 못한 일을 그 아이들이 했을 리는 없을 터. 이번 일은 실패라고 봐야 하겠군."

"제가 다시……."

"필요 없다. 나는 이미 이 모든 것을 예상했다. 그리고 요미에게 모든 것을 지시해 놨다. 아마 그 아이도 자신이 무슨 일을 했는지 모를 것이야."

"그게 무슨 말씀입니까?"

"요미를 통해서 선물을 보내 놨지."

"선물이라니, 그게 무슨 말씀입니까?"

"부처님의 자비를 그들에게 보냈지. 이 일은 성대한 불꽃과 함께 끝날 것이야. 클클."

괴인이 활짝 웃자 호조의 눈빛이 흔들렸다.

흔들리는 것은 호조의 눈빛만이 아니었다. 호조는 온몸을 바들바들 떨었다.

갑작스러운 상황에 괴인이 고개를 갸웃했다.

아무리 생각해도 이해가 안 되었기 때문이다.

"이번만은 너를 책망하지 않으마. 그러니……."

괴인이 말을 멈췄다.

호조의 행동이 자신 때문이 아님을 깨달았기 때문이다.

괴인은 호조의 정수리에 손을 올려놨다.

그의 기운이 정수리를 통해 흘러 들어가자 호조의 떨림이
멈추었다.

괴인은 지금의 상황이 이해되지 않았다.

자신의 제자는 무림삼존과 겨루어도 뒤지지 않는다.

그런데 저리 떤다고?

마치 산속에서 호랑이를 마주한 나무꾼 같았다.

그것은 순수한 두려움.

괴인의 눈빛에 이채가 감돌았다.

오랜만에 호기심을 느낀 것이다.

괴인은 부드러운 목소리로 말을 이었다.

"무슨 일이더냐? 편안히 말해 보아라."

"그, 그게……."

호조는 말을 더듬었다.

자신이 느낀 두려움을 말하기가 꺼려졌기 때문이다.

순간 괴인은 눈빛이 바뀌었다.

"유일한 규칙을 어길 셈이더냐!"

말을 마친 괴인은 기세를 피워 냈다.

태도를 바꾸자 그의 몸에서 백색의 기운이 흘러나왔다.

이상한 것은 백색의 기운 중간중간에 검은색 기운이 섞여 있다는 점이었다.

마치 양의 탈을 쓴 늑대처럼 말이다.

호조는 사부가 화가 났음을 깨달았다.

사부에게 두려움을 느끼는 이유는 그의 잔인함이나 강함 때문이 아니었다.

그저 범접하지 못할 분위기 때문이었다.

사부가 평소 보이는 분위기는 마치 태산과 같았다.

인간의 힘으로는 어찌할 수 없다는 말이었다.

하지만 사부가 풍기는 분위기 때문에 항상 긴장한 호조였다.

사실 그의 사부는 언제나 자상했다.

가면 속 얼굴은 한 번도 못 봤지만, 언제나 눈빛만은 웃고 있었던 사부였다.

그런데 지금 사부가 처음으로 화를 내고 있었다.

호조는 재빨리 입을 열었다.

"지옥에서 온 자를 보……."

설명하려던 호조가 다시 말을 더듬었다. 이전에 마주쳤던 상대를 떠올리니 갑자기 고통이 엄습해 왔기 때문이다.

떠올리는 것만으로도 고통을 느끼다니!

그만큼 호조의 머릿속에는 아직도 지옥의 불꽃이 선했다.

호조의 상태를 본 괴인이 눈을 더욱 빛냈다.

"천천히 말해도 좋다."

"그는 진짜로 지옥에서 왔습니다. 온몸이 천 갈래 만 갈래 찢어져도 지옥의 불꽃 속에서 웃고 있었습니다. 그는 인간의 탈을 쓴 악신입니다. 반드시 죽여야……."

"그만!"

괴인이 손바닥을 보였다.

가면 속 괴인의 눈빛은 풍랑을 만난 돛단배처럼 흔들렸다.

두려움인지 환희인지 알 수 없는, 정체 모를 감정이었다.

사부의 눈을 보던 호조가 입을 벌렸다.

두려움보다는 환희의 감정이 점점 커지고 있었기 때문이다.

호조는 사부의 눈을 보면 그 감정을 알아차릴 수 있었다.

사부가 언제나 눈만은 드러냈기 때문이었다.

눈을 보고 사부의 감정을 읽는 것은 호조에게는 본능이었다.

호조는 지금 사부의 감정을 정확히 느끼고 있었다.

하지만 그는 사부에게서 전해지는 감정에 혼란스러워졌다.

두려움은 이해가 가지만 왜 갑자기 환희를?

그때 괴인이 진득한 웃음과 함께 입을 열었다.

"그분이 오신 것 같다."

"지, 지금 대체 무슨 말씀을 하시는 겁니까?"

그의 말은 호조의 머릿속을 얼어붙게 만들었다.

괴인은 그럴 줄 알았다는 표정으로 다시 말을 이었다.

"이 세상을 파멸로 이끄실 진정한 악신 말이다."

"악신이라니, 그게 무슨 말씀입니까? 사부님."

"내가 왜 천살성인 너를 제자로 거두었다고 생각하느냐?"

말을 마친 괴인은 자애로운 눈빛으로 호조를 바라봤다.

갑작스러운 따뜻함에 호조는 잠시 머뭇거렸다.

호조는 입술만 달싹일 뿐이었다.

그 모습을 본 괴인이 말을 이었다.

"내가 너를 거둔 것은 악신을 찾기 위함이었다. 진정한 악신을 찾는 것은 우리 문파의 의무다. 그리고 악신을 찾기 위해서는 천살성이 필요했지."

"그, 그게 무슨 말씀입니까?"

"천살성은 악신을 불러들이는 기운을 타고났다. 즉, 너는 악신을 불러들일 운명을 타고났다는 것이다."

"이해가 안 됩니다. 사부님."

"네가 이해할 필요는 없다."

"저희는 중원을 정화하기 위한 문파가 아니었습니까?"

"중원을 정화하는 데 필요한 것은 사람의 힘이 아니다. 큰일을 해냈구나, 제자야. 클클."

괴인이 기분 좋게 웃자 호조는 눈을 크게 떴다.

이제는 말도 나오지 않았다.

자신의 사부가 악신을 섬기고 있었다는 사실을 오늘 처음 안 것이다.

비록 천살성을 타고났지만, 악신을 섬길 생각은 조금도 없었다.

중원을 정화한다는 뜻은 악을 멸한다는 것과 같다고 생각했었다.

호조는 사부가 점찍은 자들을 악이라고 생각하고 서슴없이 목을 쳐 냈다.

그런데 사부가 악신을 모시는 자였다니!

호조의 입술이 달싹였다.

그 모습을 본 괴인이 웃었다.

"클클, 당황한 모양이구나."

"네, 조금 당황스럽습니다. 저는 사부님이 중원을 정화하기 위해서 모든 일을 계획하셨다고 생각했습니다."

"너는 중원을 정화하기 위한 가장 좋은 방법이 무엇인지 아느냐?"

"그게 무엇입니까?"

"바로 지우는 것이다."

"네?"

호조가 눈을 크게 떴다.

지운다는 말이 도저히 이해가 되지 않았기 때문이다.

괴인이 인심 쓴다는 눈빛으로 다시 입을 열었다.

"너는 백색의 종이 위에 난을 그려 본 적이 있느냐?"

"……."

호조는 조용히 사부의 눈빛만 주시했다.

사부의 눈빛에서는 아무것도 읽을 수 없었다.

잠시 하늘을 바라보던 괴인은 다시 말을 이었다.

"난을 그리다가 망치면 과연 어떻게 해야 할까? 잘못 그린 난을 지울 수 있을까?"

"그건……."

호조는 당황한 듯 말을 더듬었다.

그 모습에 괴인이 다시 웃었다.

"가장 좋은 것은 종이를 버리고 새 종이 위에다가 다시 그리는 방법이지. 이제 우리는 잘못 그린 중원의 강호를 버려야 할 것이야. 그리고 그 강호라는 종이를 구겨서 버릴 수 있는 분을 맞이하게 된 것이지. 내 말이 이해가 안 되느냐?"

"……."

호조는 고개를 숙였다.

흔들리는 자신의 눈빛을 숨기기 위해서였다.

사실 이해가 되지 않았다.

호조는 불합리한 강호라는 세상을 뒤집고 싶었지, 완전히 지우려 한 것은 아니었다.

그런데 강호를 지우겠다니?

그때였다.

부드러운 손길이 그의 정수리를 어루만졌다.

백색의 기운이 호조의 정수리로부터 나와 그 손으로 들어갔다.

순간 호조의 눈빛이 바뀌었다.

그의 눈동자 속에 기운이 번쩍였다가 사라졌다.

마치 꺼져 가는 호롱불에 입김을 분 것처럼 그렇게 호조의 생기가 사라졌다.

그와 동시에 호조는 그 자리에 다시 쓰러졌다.

털썩!

힘을 잃은 호조는 흙바닥 위에 얼굴을 맞대고 널브러졌다.

꿈틀대는 호조의 얼굴.

그는 겨우 고개를 돌려 사부를 바라봤다.

원망의 눈빛보다는 의구심이 묻어 있었다.

그 눈빛을 본 괴인이 감정의 변화 없이 말했다.

"내가 준 힘이다. 난 그것을 가져갈 뿐이다. 그러니 원망하지 말아라. 어차피 수십 년 전 죽었어야 할 너를 데려다 키우지 않았느냐? 물론 덕분에 네 가문을 지워야 하는 수고는 덤이었다."

순간 호조의 눈빛이 바뀌었다.

의구심이 아닌 분노.

그것도 잠시, 호조는 고개를 다시 떨구었다.

이제는 눈을 뜨고 있을 힘조차도 없었다.

호조는 조용히 사부를 바라봤다.

괴인은 고개를 돌렸다.

이대로 두면 어차피 늑대의 밥이 될 터였다.

굳이 손쓸 필요가 없었다.

그는 몸을 돌려 불광사를 바라봤다.

불광사를 바라보는 괴인의 눈동자에는 다시 환희가 차올랐다.

쿵쿵.

괴인의 심장 뛰는 소리에 바닥까지 흔들릴 정도였다.

순간 괴인의 고개가 살짝 기울어졌다.

뭔가 중요한 사실을 빼먹은 것 같기 때문이었다.

관자놀이를 지그시 누르며 불광사를 바라보던 괴인의 눈이 커졌다.

"악신님을 구해야 한다."

괴인은 재빨리 절벽으로 달려갔다.

자신이 찾아야 할 악신이 바로 불광사의 안에 있기 때문이었다.

아무리 세상에 현신한 악신이라고는 하나, 수만 근의 폭약 앞에서는 살아남기 힘들 터였다.

그렇게 되면 백년대계가 한 번에 무너질지도 모른다.

괴인은 절벽을 바라봤다.

난공불락의 요새라 불리는 만큼 무공이 강한 고수도 쉽사리 오를 수 없는 절벽.

괴인은 절벽에 손가락을 박았다.

팍!

괴인의 손가락이 석벽에 박혔다.

그게 시작이었다.

괴인은 천천히 절벽을 타고 오르기 시작했다.

"구해야 한다."

❦

통로를 달리던 한빈은 잠시 걸음을 멈췄다.

묘한 기운이 등골을 타고 지나갔기 때문이다.

정체를 알 수 없는 기분 나쁜 기운이었다.

한빈이 멈추자 옆에 따라오던 독고진이 물었다.

"왜 그러는가?"

"아무것도 아닙니다. 누군가 저를 욕하는 느낌이 들어서요."

"자네를 욕할 사람이 어디 있다고 그러는가?"

"하긴, 제 착각이겠죠."

말을 마친 한빈은 조용히 지도를 확인했다.

지도를 확인한 한빈은 재빨리 열 걸음 정도 떨어진 곳에 월아를 겨누었다.

그러고는 천천히 힘을 모았다.

'진룡파혼검.'

순간 용린의 기운이 한빈의 양손을 통해 월아에 맺혔다.

점점 기운이 강해지더니 월아가 검명을 토해 냈다.

우웅.

동시에 바다와 같은 기운이 벽을 덮쳤다.

팡!

눈앞의 벽은 순식간에 사라졌다.

그 안에 또 다른 길이 나타났다.

한빈이 진룡파혼검으로 길을 만든 이유는 간단했다.

이곳이 바로 지름길이기 때문이다.

지도에는 없는 지름길을 만든 것이다.

새로 나온 통로로 막 들어갔을 때였다.

멀리서 인기척이 느껴졌다.

뒤쪽에 있던 독고진이 검을 뽑았다.

스릉.

한빈은 재빨리 독고진을 잡아끌었다.

가장 앞에서 다가오던 신형이 펄쩍 뛰어올랐다.

그것은 다름 아닌 백호였다.

백호가 반가운 듯 한빈의 품에 안겼다.

꿍.

작게 소리 내며 한빈의 턱을 핥는 백호.

갑작스러운 백호의 등장에 독고진이 고개를 갸웃했다.

"그놈은 또 뭔가?"

"길 가다 주운 친구입니다."

"친구라……. 자네는 희한한 친구가 많군."

독고진이 피식 웃었다.

그의 말은 진심이었다.

한빈은 묘하게 사람을 끌어들이는 매력이 있었다.

그렇다 보니 악연도 인연으로 변하기 일쑤였다.

그 결과 한빈의 곁에는 생각지도 못한 친구들이 많았다.

강남 사도련주인 자신도 한빈과 연을 맺고 있지 않은가?

사도련을 책임지는 자신이 하북팽가와 연을 맺을 줄은 상상도 못 했었다.

그때 백호가 어딘가를 바라보며 소리 냈다.

크릉.

한빈은 그곳을 바라봤다.

먼 곳에서 하나둘 사람들이 나타났다.

가장 앞에 선 이는 설화나 청화가 아니었다.

자신의 덩치보다도 더 큰 거대한 도끼를 든 여인이었다.

앞에 선 이는 바로 조 환관에게 포섭당한 요미였다.

하지만 그 사정을 모르는 한빈은 본능적으로 월아를 잡았다.

그때였다.

여인의 뒤쪽에서 다급한 외침이 들려왔다.

"공격하지 마십시오! 아군입니다!"

여인의 뒤쪽에서 나온 것은 조 환관.

조 환관은 다급하게 달려와 한빈에게 무릎을 꿇었다.

"주군, 한시가 급합니다."

그는 이마에 땀을 삐질삐질 흘리고 있었다.

그 뒤로 설화와 청화 그리고 나머지 인물이 나타났다.

그들은 하나같이 다급한 표정을 하고 있었다.

한빈은 본능적으로 상황이 잘못되었음을 깨달았다.

그때 설화가 앞으로 한 걸음 나왔다.

그 모습에 한빈이 물었다.

"무슨 일이지?"

"연등회가 시작되면 불광사가 화로가 될 거래요."

"그게 무슨 말이야? 진천뢰를 제거하는 데 실패했다는 말인가?"

"바닥에 묻어 놓은 진천뢰가 문제가 아니래요. 그러니까……."

설화가 재빨리 설명을 늘어놓았다.

핵심만 말하면 바닥에 묻힌 진천뢰는 다 제거했지만, 불광사에 또 다른 장치를 해 놨다고 했다.

한빈은 고개를 갸웃하며 물었다.

"그럼 그 장치도 제거하면 될 일 아니야?"

"어디에 장치를 숨겨 놨는지 모른대요."

"누가 그러는데?"

"여기 있는 요미 언니가 그랬어요."

"요미?"

한빈이 주변을 두리번거리자 조 환관이 요미의 등을 떠밀었다.

등이 떠밀린 요미는 한빈의 앞에 섰다.

앞으로 나온 요미는 불만 가득한 표정으로 한빈을 바라봤다.

그녀의 이런 표정은 당연했다.

요미의 심정을 한마디로 표현하자면 도살장에 끌려가는 소 같았다.

요미가 이곳까지 온 이유는 순전히 조 환관 때문이었다.

더 정확히 말하면 조 환관이 먹인 혈고 때문이었다.

요미는 조 환관이 왜 이렇게 미쳐 날뛰는지 알 수 없었다.

머릿속의 혈고만 없다면 조 환관을 반 토막 내고 싶었다.

하지만 조 환관이 죽게 되면 요미도 같이 죽을 수밖에 없었다.

거기에 조 환관은 자신의 머리에 고통을 가하며 요미를 협박했다.

이게 과연 제정신일까?

요미는 조 환관이 섭혼술에 당했다고 생각했다.

그렇다면 섭혼술을 푸는 방법은 무엇일까?

그것은 시전자를 죽이는 것이었다.

요미의 계획대로라면 섭혼술을 건 시전자는 곧 죽게 된다.

섭혼술을 건 사람은 눈앞에 있는 사내일 터였다.

눈앞에 있는 사내를 죽이는 게 바로 요미의 계획이었다.

요미는 조 환관에게 진실의 반만 말했다.

불광사를 화로로 만들 장치가 존재한다는 것은 사실이었다.

하지만 그 위치까지 밝히지는 않았다.

불광사를 화로로 만들 장치로 눈앞에 있는 사내를 유인하기 위해서였다.

물론 모든 것은 요미의 오해였다.

애초부터 조 환관은 섭혼술에 걸려서 한빈을 따르는 것이 아니었으니까.

조 환관이 한빈에게 충성을 바치기로 한 것은 순전히 남성을 회복했기 때문이었다.

하지만 이런 사정을 요미는 알 수 없었다.

사부를 배신하는 척하고 있지만, 머리에 혈고만 제거되면 바로 조 환관의 등에 칼을 꽂을 준비를 하고 있었다.

요미는 고개를 숙였다.

고개 숙인 요미는 자신의 도끼날을 보며 보이지 않게 웃었다.

이제 이 도끼로 조 환관과 사내를 박살 낼 시간이 머지않았다고 생각했다.

요미의 표정을 본 한빈은 눈을 가늘게 떴다.

한빈은 표정만으로 요미가 계획을 숨기고 있다는 것을 눈치챘다.

수많은 음모 속에서도 살아남아 다시 새로운 삶을 살고 있는 한빈이었다.

상대의 눈빛을 눈치 못 챌 리가 없었다.

한빈은 요미를 바라보다가 손을 뻗었다.

휙!

한빈의 손이 요미의 어깨를 눌렀다.

움직이지 못하게 마혈을 제압한 것이다.

한빈의 행동에 모두가 눈을 크게 떴다.

설화마저도 의심 가득한 눈초리로 한빈을 바라봤다.

"공자님, 지금 왜 그러시는 거예요? 단서가 언니한테 있는데 왜……."

"이제 단서는 필요 없어. 반응만이 중요할 뿐이지."

한빈의 말에 설화를 비롯한 모두가 고개를 갸웃했다.

주변의 시선에는 아랑곳하지 않고 한빈은 조 환관을 바라봤다.

"조 환관이 업어."

"제가 업으라고요?"

"응, 조 환관이 이 친구를 좀 업고 다녀야 할 것 같아."

"그게 무슨 말씀입니까?"

"이 친구를 업고 다니다가 심장이 빠르게 뛰면 말해 줘."

"자, 잠시만 기다리십시오. 아무리 생각해도 무슨 말씀인지 모르겠습니다."

"장치가 어디 있는지 모른다는 이 친구의 말은 거짓이야. 그런데 아무리 봐도 말할 것 같지가 않거든."

"그래서 마혈을……."

"아마도 장치 가까이에 가면 본능적으로 벌렁댈 거 아니야. 그걸 조 환관이 보고하라고."

"알겠습니다, 주군."

고개를 숙인 조 환관은 요미를 업은 상태로 그녀의 도끼까지 들었다.

이제까지 경과를 보면 바닥에 깔려 있던 진천뢰가 먼저 터질 리는 없었다.

이들이 오면서 심지를 모두 제거했기 때문이었다.

요미가 말한 장치가 폭발하며 바닥에 깔린 진천뢰를 자극한다면, 아마도 이곳은 불구덩이가 될 터.

일단 사람들을 피난시키는 게 중요했다.

남해천왕은 재빨리 황실 사람들을 내보내기 시작했다.

한 번에 모두를 불광사에서 내보내면 혼란이 생길 터였다.

그때였다.

누군가 남해천왕 앞에 섰다.

곡괭이를 든 피부가 까무잡잡한 여인이었다.

그 여인은 심미호였다.

심미호는 한빈이 이곳에 도착했다는 소식을 듣고 남해천왕을 찾아왔다.

심미호의 옆에는 금의위의 수장인 강유찬이 함께 있었다.

강유찬이 나서기도 전에 심미호가 먼저 물었다.

"우리 주군은 어찌 되었나요? 왕야."

심미호는 현비와 함께 왔다가 한빈의 소식을 듣고 이곳까지 온 것이었다.

남해천왕은 나지막한 목소리로 답했다.

"남은 위험을 제거하고 있다네. 그런데 자네는 누구인가?"

"주군의 오른팔이지요."

"자네도 어서 피하게. 나는 팽 공자에게 모두를 대피시킬 것을 약속했네."

"저는 주군을 찾아야 해요. 주군은 제힘이 필요할 겁니다."

"흠, 그렇다면 저 뒤쪽의 절벽 쪽으로 가 보게."

"감사해요, 왕야."

심미호가 남해천왕을 향해 포권했다.

심미호가 돌아서자 강유찬도 재빨리 몸을 돌렸다.

그 모습에 남해천왕이 물었다.

"자네는 어딜 가는 것인가?"

많은 의미가 내포된 질문이다.

황족을 돌보지 않고 한빈을 찾으러 가는 강유찬의 모습이 너무 절박해 보였기 때문이다.

"저도 팽 공자를 만나 보아야 할 것 같습니다. 팽 공자를 구하는 것이 황실을 구하는 것이기도 합니다."

"흠. 알겠네."

남해천왕도 고개를 끄덕였다.

강유찬의 말에 반박할 수가 없었다.

아무리 생각해도 이번 일이 여기서 끝은 아니라는 생각이 들었다.

그렇다면 언젠가는 다시 한번 한빈의 도움을 받아야 할 날이 올 수도 있었다.

도움을 받기 위해서는 한빈의 안전이 중요했다.

하지만 자신이 직접 나설 수는 없었다.

일단 남해천왕 자신은 황실의 안전을 지켜야 했다.

남해천왕을 떠난 심미호는 구걸십팔보를 펼쳤다.

설화만큼은 능숙하지 않지만, 강유찬의 속도 이상이었다.

연등회에 참석한 인원들은 불광사 밖으로 나가기로 했다.

병사들은 그들을 달콤한 말로 유인했다.

불꽃놀이가 가장 잘 보이는 곳으로 안내하겠다는 것이었다.

그 말을 의심하는 이는 아무도 없었다.

황족들도 병사들을 따라 나가니, 일반 백성들은 너도나도 자연스럽게 병사의 지시를 따랐다.

밀려 나오는 인파를 거슬러 가던 심미호는 멀리 보이는 한빈을 발견했다.

심미호는 반가운 마음에 한빈에게 달려갔다.

"주군."

"오, 심 부대주."

"괜찮으십니까? 지금 왕야에게 대충 이야기를 들었습니다."

"그럼, 괜찮지. 일단 저것 좀 받아 줘."

한빈이 가리킨 것은 조 환관이 들고 있던 요미의 도끼였다.

심미호는 얼떨결에 도끼를 받아 들었다.

한 손에는 곡괭이를 들고 다른 손에는 거대한 도끼를 든 심미호의 모습은 누가 봐도 기괴해 보였다.

심미호가 고개를 갸웃했다.

"저 잘 어울리나요? 주군."

"아주 잘 어울려."

"그럼 대장간 어르신께 말해서 하나……."

"알았어. 돌아가는 대로 도끼도 하나 맞춰 줄게."

그때였다.

뒤쪽에서 따라오던 설화가 번쩍 손을 들었다.

그 모습에 한빈이 물었다.

"무슨 일이지?"

"저도 맞춰 주세요, 저 도끼."

설화가 도끼를 가리켰다.

그 모습에 한빈은 피식 웃었다.

무기보다는 장신구를 좋아해야 할 나이들이었다.

그런데 무기를 장신구처럼 탐내다니!

한편으로는 미안하기도 했다.

이 일이 끝나고 나면 조금은 정상적인 일상을 보내야 할 것 같았다.

한빈은 다시 발길을 옮겼다.

다급하게 이동하는 한빈의 모습에 심미호가 물었다.

"지금 뭘 찾고 계시는 거예요?"

"이곳을 날려 버릴 만한 장치를 찾고 있어."

"그런데 저 여자는 왜……."

"저 여자가 탐지기야."

한빈이 조 환관의 등에 있는 요미를 가리켰다.

그때였다.

조 환관이 외쳤다.

"제 사매의 심장이 뜁니다!"

"그래. 그렇다면 이 근처에 있다는 거네."

한빈이 주위를 둘러봤다.

주위에 있는 거라고는 커다란 나무 불상뿐이었다.

"불상이라?"

한빈은 요미와 불상을 번갈아 보았다.

요미가 두려움을 느끼고 있는 것은 분명히 불상이었다.

한빈은 재빨리 불상을 만졌다.

안쪽에 장치가 들어 있다면 이곳은 잿더미로 변할 것이었다.

한빈은 최대한 조심스럽게 안쪽을 살폈다.

불상을 살피던 한빈이 고개를 갸웃하며 요미를 바라봤다.

"안쪽은 비어 있는데, 어떻게 된 거지?"

"그게 무슨 말이냐?"

요미가 놀라 묻자 한빈이 불상을 가리켰다.

"네가 두려움을 느끼는 것은 저 불상이 분명한데, 저 안은 텅 비어 있다고."

"비어 있다고? 그럴 리가……."

요미가 당황한 표정으로 불상을 바라봤다.

그때였다.

심미호가 어딘가를 가리켰다.

"저기 비슷한 불상이 있는데요."

모두의 시선이 심미호의 손끝으로 움직였다.

심미호의 말은 사실이었다.

지금 불광사를 빠져나가는 인파의 행렬이 이어지는 길목 중심에도, 불상이 있었다.

문제는 한두 개가 아니라는 점이었다.

얼핏 봐도 백 개는 넘어 보였다.

똑같은 모양의 불상이 백 개나 되다니!

놀란 것은 한빈 일행만이 아니었다.

불상을 본 요미가 당황한 목소리로 말을 이었다.

"내가 보낸 것은 분명히 하나인데······."

그녀의 말은 사실이었다.

불상 안에 장치를 넣어서 불광사로 보냈었다.

그게 터지면 아래에 묻혀 있는 진천뢰도 가만있지는 않을 터.

당연히 불광사는 불구덩이가 될 수밖에 없었다.

그런데 자신이 보낸 것과 똑같은 모양의 불상이 백 개가 넘게 늘어서 있었다.

요미는 이 상황이 이해가 되지 않았다.

그녀가 의도한 것은 장치를 찾으러 다니다가 사내가 불구덩이 속에서 죽는 것이었다.

하지만 지금은 계획이 틀어졌다.

사내가 죽으면 자신도 죽어야 하는 상황이기 때문이다.

요미는 동귀어진을 원한 것이 아니었다.

주변을 바라보던 요미는 다급하게 외쳤다.

"나, 나도 찾아보겠다! 빨리 마혈을 풀어……."

하지만 요미는 말을 잇지 못했다.

한빈이 아혈까지 제압했기 때문이다.

손을 탁탁 턴 한빈이 나지막이 말했다.

"시끄러우니까 집중이 안 되잖아."

말을 마친 한빈은 아무렇지 않게 손가락을 튕겼다.

딱!

한빈이 요미의 입을 막자 모두는 경악했다.

조금이라도 도움을 받아야 할 상대의 입까지 막다니!

이것은 누구도 상상 못 한 일이었다.

가장 옆에 있던 설화도 입을 딱 벌리고 있었다.

하지만 눈빛 하나 변하지 않고 불상을 보는 한빈의 모습
에, 설화는 바로 표정을 수습했다.

당황한 것은 도리어 요미였다.

그녀의 눈빛은 몰아치는 태풍 앞에 놓인 호롱불처럼 흔들
렸다.

사실 요미도 어떤 게 진짜 불상인지 알 수 없었다.

다만 자신이 나서서 살핀다면 진짜를 찾을 수 있지 않을까
하는 생각을 했을 뿐이었다.

그런데 자신의 입을 막다니!

요미는 눈동자를 살짝 옮겨 상대를 바라봤다.

팔짱을 끼고 생각에 잠겨 있는 상대는 자신에게 눈길조차
주지 않고 있었다.

요미의 입술이 달싹였다.

물론 그녀의 입술은 조금도 열리지 않았다.

그녀는 속으로 비명을 질렀다.

상대를 죽이고 이곳을 빠져나간다는 계획은 완전히 틀어
진 상황.

이럴 줄 알았으면 애초에 그들을 막아서지 않았을 터였다.

사실 조금 전까지는 그리 당황하지는 않았었다.

그녀의 다른 사형과 사부가 이곳에 오기로 했기 때문이다.

그래서 조금 여유를 가지고 있었던 것도 사실이었다.

처음에는 조 환관의 정신을 조종하는 자가 궁금했었다.

하지만 지금은 조금도 궁금하지 않았다.

아니, 눈앞에 있는 상대는 만나지 말아야 할 사람이었다.

저런 자가 정파라고?

요미는 자신도 모르게 한숨을 쉬었다.

정파나 사파나 모두 자신의 도끼 아래에 있다고 생각했었
다.

무공만 자신이 있었던 것도 아니었다.

머리싸움에서도 강호인들보다 더 위에 있다고 생각했다.

그런데 눈앞에 있는 서생처럼 생긴 상대를 만나고 나서는 마음이 달라졌다.

눈앞에 있는 사내는 도무지 가늠할 수 없었다.

놀람도 잠시, 요미는 조용히 눈을 감았다.

이제는 횡액을 막기에 늦었다고 생각했기 때문이다.

불상을 발견한다고 해도 그것을 막을 방법이 없었다.

이제 자신의 의지와는 관계없이 이곳에서 생을 마감해야 하는 상황이었다.

요미의 표정과는 관계없이, 한빈은 코를 실룩였다.

여러 개의 불상 중 단 하나만은 다를 것이 분명했다.

후각에 집중하던 한빈이 고개를 갸웃했다.

어찌 된 일인지 몰라도 완벽하게 냄새를 막고 있었다.

분명 화약 냄새가 미세하게라도 나야 할 텐데, 그 어떤 냄새도 감지할 수 없었다.

그때 백호가 작게 소리 냈다.

크릉.

고개를 돌려 보니 백호가 꼬리를 흔들고 있었다.

꼬리를 흔들던 백호가 재빨리 불상 사이를 누볐다.

조 환관도 마찬가지로 백호의 뒤를 따랐다.

쓰러진 사매인 요미에게는 눈길조차 주고 있지 않았다.

한참 동안 뛰어다니던 백호가 어느 불상 앞에서 멈췄다.

크릉.

마치 이 불상이 수상하다고 말하는 것 같았다.

불상을 바라보던 한빈이 손가락을 튕겼다.

딱.

순간 심미호가 재빨리 달려왔다.

"주군, 어떻게 할까요?"

"안쪽이 어떤지 한번 살펴봐. 무리하지는 말고."

한빈이 불상을 가리키자 심미호가 크게 심호흡했다.

심미호는 함부로 달려들지 않았다.

사실 심미호는 장치나 기관의 전문가가 아니었다.

하지만 지금은 장치 분야에서도 전문가라고 할 수 있었다.

땅굴을 판 것을 늘어놓으면 아마 중원을 관통할 정도가 될지도 몰랐다.

거기에 중간중간에 있는 장치들을 해체하는 것은 덤이었다.

심미호는 슬며시 불상을 살피더니 한빈을 바라봤다.

"그냥 튀는 게 좋을 것 같은데요, 주군."

"해체 불가능할 것 같지?"

"벌써 아셨어요?"

"대충은……. 밖에 있는 조각을 뜯어내면 바로 불이 붙게 설계된 것 같아. 안쪽에서 느껴지는 열기로 봐서는 그냥 놔

뒤도 반 시진 안에 터질 것 같고."

"그런데 왜 저한테 살펴보라고 하신 건가요? 주군."

"이게 다 경험이잖아."

한빈이 불상의 위에 손을 갖다 댔다.

백호가 찾은 불상은 누가 봐도 수상했다.

겉보기에도 다른 불상과 똑같고 냄새도 다르지 않았지만, 한 가지 이상한 점이 있었다.

바로 안쪽에서 나오는 열기였다.

그 열기는 점점 더 강해지고 있었다.

거기에 더해 불상이 조금이라도 충격을 받으면 안쪽에서 불이 붙게 만들어져 있었다.

아마 충격을 받지 않아도 불상 속의 장치는 작동할 것이지만, 시간을 당기는 것은 자살행위였다.

이것을 모르고 불상을 조각낸다면?

필시 불광사는 불구덩이가 될 것이었다.

한빈이 불상을 살피고 있을 때였다.

심미호가 눈을 가늘게 뜨고 말했다.

"주군, 일단 후퇴 명령을 내려 주시는 게……."

"잠시만 기다려 봐. 조금 이상하잖아."

"뭐가 이상한데요?"

"너무 쉽잖아."

"쉽다니, 그게 무슨 말씀인가요? 주군."

"그들이 없애려고 한 건 이 절이 아니잖아. 적이 없애려고 한 건 황족과 무림인인데⋯⋯. 우리가 대피하면 이 불상은 무용지물이 되잖아."

"그래도 지금 대피가 순조롭게 이뤄지고 있는 것을 보면⋯⋯."

심미호가 말끝을 흐리며 출구로 이어진 행렬을 바라봤다.

순간 심미호는 고개를 갸웃했다.

출구까지 이어진 행렬이 조금도 줄어들지 않고 있었다.

심미호가 재빨리 상체를 기울였다.

"주군, 뭔가 수상합니다."

그때였다.

멀리서 누군가가 뛰어왔다.

그는 다름 아닌 남해천왕이었다.

남해천왕이 당황한 표정으로 뒤쪽을 가리켰다.

"팽 공자, 지금 길이 막혔네."

"길이 막히다니, 그게 무슨 말씀입니까?"

"지금 출구 쪽에 우리도 모르는 진법이 설치된 것 같네. 정확히는 출구가 없어졌네. 그리고⋯⋯."

남해천왕이 마른침을 삼켰다.

그의 말에 따르면 황족 중 누구도 탈출하지 못했다고 한다.

한빈은 출구와 불상을 번갈아 봤다.

둘 중 하나를 무력화시켜야지 이곳에서 살아남을 수 있을 듯싶었다.

진법을 무력화시킬 확률과 불상의 장치를 무력화시킬 확률 중 높은 것을 선택해야 했다.

그때였다.

어디선가 꽃 하나가 날아왔다.

바람을 타고 날아오던 꽃이 한빈의 발아래 떨어졌다.

한빈은 조용히 꽃을 들었다.

그러고는 조용히 꽃잎을 하나씩 뗐다.

"이쪽에 하나, 저쪽에 하나……."

뜻 모를 혼잣말을 뱉어 내는 한빈의 모습에, 모두가 고개를 갸웃했다.

꽃잎을 다 뗀 한빈이 빙긋 미소를 지었다.

갑작스러운 상황에 심미호가 귓속말로 물었다.

"주군, 지금 뭐 하시는 건가요?"

"꽃잎으로 점 한번 쳤어."

"지, 지금 점이라고 하셨습니까?"

"그래, 내가 보기에 확률은 반반이라서 말이야. 아무래도 점을 치는 것이 좋을 것 같아서. 마지막 꽃잎이 그러는데, 불상을 선택하라고 하네."

한빈이 씩 웃으며 불상을 바라봤다.

이것은 진심이었다.

한빈이 판단하기에 확률은 반반.

이럴 때는 운이 조금은 따라 주어야 한다.

어찌 보면 한빈이 시간을 거슬러 새로운 생을 살게 된 것도 운이 아니던가?

이번에도 운을 한번 믿어 보기로 했다.

순간 심미호가 다급하게 주변을 바라봤다.

이제까지의 모든 대화는 다른 이들은 들을 수 없었다.

모두는 심미호를 바라보며 눈을 반짝이고 있었다.

그들의 시선을 받은 심미호가 그들에게 들리도록 말했다.

"우리 주군이 안심하라고 하시네요. 호호."

말을 마친 심미호가 어색하게 웃었다.

꽃잎점의 결과가 이곳에 있는 모두의 운명을 좌우할 것이라고는 차마 말할 수 없었기 때문이다.

그런데 모두가 심미호의 말을 믿는 분위기였다.

조금 전까지 불안한 듯 주먹을 쥐었다 폈다 했던 남해천왕도 아무렇지 않게 돌아갔다.

돌아간 남해천왕은 황족과 병사 들을 안심시켰다.

모두가 안심하고 있을 때였다.

불상을 주시하고 있던 심미호의 눈이 커졌다.

"주, 주군. 불상의 색이 조금 이상한데요."

심미호의 말은 사실이었다.

불상의 겉을 둘러싼 나무가 타오르기 시작했다.

곧 불상의 안이 드러났다.

불상은 무쇠로 만들어져 있었다.

안쪽의 기운 때문인지 불상의 머리는 붉게 달아올라 있었다.

마치 용광로에서 막 녹은 쇳물처럼 말이다.

불상의 변화를 본 모두는 입을 딱 벌렸다.

그때 한빈이 불상의 머리를 향해 손을 뻗쳤다.

"걱정하지 마. 내가 알아서 할게."

한빈이 이렇게 자신할 수 있는 이유는 단 하나였다.

그것은 바로 소모성 구결.

[소모성 구결 : 금(金), 목(木), 빙(氷), 수(水)]

한빈은 남아 있는 소모성 구결 중에 빙(氷)을 떠올렸다.

한빈이 불상을 만지면서 느꼈던 화기는 보통의 것이 아니었다.

불상 속에는 용암과 같은 기운이 들끓고 있었다.

아마도 상대는 그 용암과 같은 기운을 모종의 수법으로 묶어 놨을 것이었다.

시간이 흘러 용암의 기운을 묶어 놨던 결계가 박살 나면 이 불상이 터지게 될 터.

불상이 터지면 아래쪽에 산발적으로 묻혀 있던 진천뢰 중 최소 한두 개에 영향을 미칠 테고 말이다.

그러면 이곳은 바로 불구덩이가 될 것이다.

방법은 하나.

안쪽에서 들끓는 기운을 억누른 후 불상을 불광사 밖으로 버려야 했다.

한빈은 주변을 살폈다.

적이 진법을 설치 못 할 곳은 딱 한 곳이었다.

바로 불광사 뒤쪽에 있는 천 길의 낭떠러지.

한빈은 재빨리 기운을 모았다.

한빈의 손에 모인 차디찬 빙의 기운이 불상을 덮었다.

순간 붉은색이 일렁이던 불상의 색이 백색으로 바뀌었다.

한빈의 예상대로였다.

물로는 용암의 기운을 잠재우기 힘든 법.

얼음의 기운을 쓰는 것이 맞았다.

일단 첫 번째 단계는 성공적이었다.

불상을 확인한 한빈이 재빨리 외쳤다.

"다 같이 불상을 들고 따라와!"

그 외침에 모두가 불상을 들었다.

불상의 무게는 마치 만근처럼 느껴졌다.

앞에서 불상의 머리를 든 한빈은 재빨리 불광사의 뒤편을 향해 뛰어갔다.

"잘 따라와!"

"어디로 가시는 겁니까?"

"부처의 탈을 쓴 아수라를 절간에 남겨 놓을 수는 없잖아. 뒤편에 버리자고."

"존명."

심미호가 눈빛을 반짝였다.

뒤쪽에 있던 설화와 청화도 한 손 거들었다.

조 환관도 이를 악물고 뛰었다.

그중 가장 열성적인 것은 조 환관이었다.

그는 남성을 되찾은 후 성격마저 변했다.

그냥 한빈을 따르는 것이 아닌 광신도로 변한 것이었다.

또한, 어떤 두려움도 없었다.

그때였다.

뒤쪽에서 불상을 잡은 조 환관이 고개를 갸웃했다.

"이쪽의 얼음이 녹습니다, 주군."

"다들 절대 놓치지 마. 조금만 참자!"

다급하게 외친 한빈이 고개를 힐끔 돌렸다.

조 환관의 말대로 한빈이 덮어씌운 얼음의 기운이 점점 약해지고 있었다.

그때였다.

살짝 살이 타는 냄새가 풍겨 나왔다.

치지직.

조 환관과 청화가 잡은 불상 일부분이 붉게 달아올랐다.

하지만 누구도 불상을 잡은 손을 놓지 않았다.

한빈은 다시 구결을 확인해 보았다.

지금은 용암처럼 들끓는 기운을 막을 방법이 없었다.

그때였다.

갑자기 붉게 달아오르던 불상의 색이 바뀌었다.

불상의 표면이 살얼음이 낀 것처럼 바뀌고 있다.

한빈이 한 일은 아니었다.

이것은 분명히 북해빙궁의 무공이 아니고서야 불가능한
일이었다.

한빈은 그 흐름을 따라 고개를 돌렸다.

기운의 끝에는 설화가 있었다.

조용히 눈을 감은 설화.

설화의 손에서는 한빈도 상상할 수 없는 한기가 흘러나오
고 있었다.

한빈은 재빨리 앞을 바라봤다.

지금은 설화의 기운이 중요한 게 아니었기 때문이다.

앞쪽으로 드디어 목적지인 불광사의 낭떠러지가 나왔다.

"저 아래로!"

한빈의 말에 따라 모두가 힘을 모았다.

동시에 불상이 낭떠러지 아래로 떨어졌다.

휙!

같은 시각.

낭떠러지를 오르던 괴인, 즉 호조와 요미의 사부는 위쪽에서 한기를 느꼈다.

처음에는 계절에 안 맞게 눈이 내리는 것은 아닌가 하는 생각이 들었다.

그런데 한기의 정체는 얼음덩이였다.

놀람도 잠시, 묘하게도 그 한기가 점점 열기로 변해 갔다.

얼음덩이가 녹아내리자 불상이 되었다.

또한 불상은 점점 붉게 변하더니 불덩이가 되어 버렸다.

그 불상은 마치 아수라의 형상을 하고 있었다.

괴인은 자신도 모르게 외쳤다.

"악신?"

다음 권으로 이어집니다

꿈의 도약, 로크에서 하십시오
(주)로크미디어에서 신인 작가를 모십니다

즐거운 세상, 로크미디어는 꿈을 사랑하고 도전을 두려워하지 않는 작가 분들의 참신한 작품을 기다리고 있습니다. 21세기 장르 문학계를 이끌어 갈 차세대 선두 주자 (주)로크미디어에서 여러분의 나래를 활짝 펴 보시길 바랍니다.

모집 분야 판타지와 무협을 포함한 장르 문학
모집 대상 아마추어 작가, 인터넷 작가
모집 기한 수시 모집
작품 접수 시 유의 사항
1. 파일명은 작가명_작품명.hwp형식을 갖춰 주십시오.
1. 파일에 들어갈 내용은 다음과 같습니다.
   - 성명(필명인 경우 실명을 밝혀 주세요), 연락처, 이메일 주소
   - 제목, 기획 의도
   - A4용지 1장 분량의 등장인물 소개
   - A4용지 2장 분량의 전체 줄거리
   - 본문
1. 작품이 인터넷에 연재되고 있다면, 게시판명과 사이트의 구체적이고 정확한 주소를 기재해 주십시오.

선택된 작품은 정식 계약 후 출판물로 간행되어 전국 서점에 유통됩니다.
작가 분은 (주)로크미디어의 전폭적인 지원하에 전속 작가로 활동하시게 됩니다.
※ 자세한 내용은 로크미디어 홈페이지(rokmedia.com)를 참조하세요.

(03920)서울시 마포구 마포대로 45 일진빌딩 6층
(주)로크미디어 편집부 신간 기획 담당자 앞
전화 : 02) 3273-5135
www.rokmedia.com   이메일 : rokmedia@empas.com